文治
© wénzhi books

更好的阅读

再爱一次

〔日〕渡边淳一 著
竺家荣 译

北京联合出版公司
Beijing United Publishing Co.,Ltd.

目录

contents

001	第一章	不速之客
015	第二章	力不从心
031	第三章	心神不定
047	第四章	怦然心动
061	第五章	性爱调查
073	第六章	秘境探幽
089	第七章	性事百态
099	第八章	新恋情
111	第九章	坦诚相告
121	第十章	爱的力量
133	第十一章	老同学
149	第十二章	京都之旅
167	第十三章	享受性爱
177	第十四章	回春疗法
193	第十五章	再爱一次
199	译后记	爱无止境

第一章　不速之客

“哟……”气乐堂心里一激灵，差点儿叫出声来。

与其说他觉得“不对劲”，不如说“不应该”更准确一些。

“怎么会这样……”气乐堂医生伸手摸了摸自己的胯下，可是，那地方就像睡着了似的，没有一点儿动静。

“怎么回事？”他一把抓住自己的物件轻轻晃了晃，还是没有什么反应。

“喂……”可以的话，他真想下床去照照镜子，看看两腿间的那家伙到底在干什么。

可是，此时殿村夫人正赤身裸体地躺在自己旁边呢。如果不考虑夫人的心情，只顾查看自己的状况，肯定会被她察觉自己的窘态的。

此时自己只能镇定自若，装作什么事都没发生一样。

气乐堂重新贴近殿村夫人的身体，轻轻搂住她的上身，紧紧拥抱了片刻便缓慢地抚摸起殿村夫人的后背来，从上到下，再从下到上地来回抚摸着。表面上看，他是在静静地爱抚殿村夫人，实际上他满脑子想的都是自己下体的异常状况。

难道说不举就是这样到访的吗？

此事肯定会在某一天，毫无预兆地突然降临，等自己意识到的时候，已无法改变了。

而且，在此事发生之前和之后，身体都不会有其他变化。

实际上当不举发生时，人并不会出现发烧、身体麻木或失去知觉等状况，唯有最最关键的那个东西，事不关己似的老老实实地躺着。

当然，以前那地方也常常不给力或者打蔫过，可像今天这么毫无反应，这么冷漠淡定，他还是第一次遇到。

此时此刻，那地方仿佛不属于他似的悄无声息。

说不定这会儿殿村夫人正纳闷呢，心说："他今天怎么一直抱着自己没完没了地爱抚，却迟迟不进入下一个步骤？"

老是这样磨磨蹭蹭的，她觉得奇怪也很正常。

但是他希望殿村夫人能够再忍耐一下，再给他四五分钟的时间，那家伙就会像往常那样苏醒过来的。气乐堂相信这一点，继续缓慢地来回摩挲着她的后背。

殿村夫人的皮肤柔滑如缎，和以往没有什么不同。

可是，自己怎么会这样呢？以往这时候那家伙早就冲进去了。

近来，气乐堂都是以稍稍侧卧的姿势进入殿村夫人身体的。

不消说，此时殿村夫人的下体已然由于他漫长的爱抚而充分湿润了。

遗憾的是，没有东西进入那里。

"怎么搞的？"气乐堂嘟哝着，再次摸了摸自己的家伙。

由于右手在抚摸殿村夫人的后背，他便用左手摸了摸那个要紧的部位，它还是老样子，软塌塌的。

"可能是不行了……"气乐堂不由得紧锁眉头，在心里念叨着。

这种事真的发生在自己身上了吗？

其实，他也知道早晚会有这么一天的。

可恨的是，干吗非要赶在这个时候来？

就在自己搂着殿村夫人，不停地爱抚她的紧要关头，那家伙要是撂挑子的话，那可就……

“喂……”气乐堂再一次摸了摸自己的下体。没错，它真真切切是自己身体的一个部分。

怎么会有这种事？

不，他想问的是，真有这种事吗？

自己身边躺着一个女人，然而自己的关键部位却缩了回去，无动于衷。

这就叫“性无能”吧？

男人上了年纪，这事儿早晚都会找上门的。原来，会降临到所有男人身上的不举就是这样的啊。

那么，跟别人比起来，自己出现这种情况是算早还是晚呢？

其他男人，比如同时进公司的那些同事是什么情况呢？

没有听人谈论过这方面的事,大家都“与己无关”似的缄口不言。

这是为什么呢？

大概他们认为这种事没必要去跟别人说吧。

这又不是什么值得向别人炫耀或者吹嘘的光彩事，所以，大家都佯装不知地不去谈论吧。

可是，这难道不是一件天大的事吗？因为这是男人从此就不能再扮演男人角色的大事情啊。

可不是吗？眼下，气乐堂虽然能够拥抱女人，但接下来要想发生性行为的话怕是没指望了。

问题是，殿村夫人正眼巴巴地等着他奋勇向前呢。

她是为了和自己发生性行为才上这张床的。可是，自己现在无法满足她。

不仅是今天不行，明天、后天，也同样不可能了吧？

等一等，没准明天还会恢复的……这可说不好。

不过，回想起来，这个家伙还从来没有这样耍过赖呢。

当然，有时候，他也会感觉有些疲劳或没什么精神。

但是，只要和女人一上床，赤裸裸地搂抱在一起的时候，下体自然而然就挺起来了。

何况对方是已经交往了两年的殿村夫人。

在她面前，自己既不会过度紧张，也不会提不起兴致。

和她做爱，总是令自己感觉十分默契和放松。

再说，出门之前，他还服用了伟哥 。

尽管如此，今天晚上，那个家伙非但不勃起，竟然还事不关已似的躺着睡大觉。

这种情况，可能就是那个了吧。

说实话，气乐堂不想使用“性无能”这个词。

不知为什么，他很害怕使用这个词，总觉得只要一说出这个词，那家伙的衰退便会成为定论似的。

“不过，也差不多到时候了吧……”气乐堂想到了自己的年龄，“七十三岁半……”这点不用多想也知道。

“男人在这个年龄出现性衰退，算是早的还是晚的呢？估计不算早的，应该属于晚的吧。”气乐堂自言自语道，点了点头。

气乐堂，虽然给自己起了这么一个古里古怪的名字，但他的原名其实叫国分隆一郎，是名整形外科医生。

他曾任都内一家公立大医院的院长，在六十五岁那年，他退了休，打算自己开家诊所。

他大手笔地购置了位于繁华的青山大道旁一幢高级公寓里的两

个房间，作为营业地点。就在他刚开始准备时，妻子富美子突然病倒了。

正所谓福祸相依，妻子得的是胰脏癌。

受到这一沉重打击的气乐堂奔走于各大医院，想方设法救治妻子，却没有回天之术，两年后他的妻子去世了。

他万万没有想到，那样开朗、健康的妻子会走在自己前头，人世太变幻无常了。

自从妻子走后，气乐堂万念俱灰，整天无精打采的。

唯一的女儿敦子已经出嫁，女儿曾多次鼓励他："老爸，打起精神来。"可是他根本就做不到。

原来自己是这样一个柔弱的人吗？

连气乐堂自己都感到吃惊。失去妻子之后，他才深深反省自己以前太依赖妻子了。

从今往后，必须自己一个人坚强地生活下去。

"不管怎么说，你得振作起来。"

要聘用几名护士、请什么样的家政服务员等琐事，要是妻子在的话，肯定早已打理得十分妥帖。

想到这儿，他真想呼唤妻子，跟她商量一下。

但是，现在什么都得靠自己了。

就这样，气乐堂打起精神，全身心投入诊所开业的筹备工作，等一切准备就绪，已经是半年之后了。

"终于可以开业了。"临开业前，他站在妻子的灵前向她报告时，妻子似乎在对他微笑。

"你看着吧，我不会让你失望的。"气乐堂对妻子轻轻说道。他终于振作起来了。

人生在世，无论怎样诚实地生活，也无法预知何时何地，会有怎样的悲剧在等着你。

这个道理，自从他当医生之后，就已经很明白了，但失去爱妻，使他更深地感受到了这一点。

“好吧，余下的日子，我要做自己想做的事，快活自在地生活。”

于是，他给医院起了这么个名字——“气乐堂医院”，在这个牌子旁边，写着小小的“整形外科”，并且他还给自己改名为“气乐堂”。

由于医院建在公寓的一角，所以没有手术室，只有门诊和复健中心，大概是位置好的缘故，来看病的人络绎不绝。

来这里看病的人必然会问的一句话就是：“为什么取‘气乐堂’这个名字呢？”

他总是这样回答：“到了我这样的年龄，就懒得思考复杂的问题，只想过快乐自在的生活。”

不用说，他毫无再婚的念头。

他觉得，像现在这样，只要家里有家政服务员、医院里有护士的话，就能够对付生活下去。

为了使私生活不受打扰，他在挨着医院的公寓里另租了一套两室一厅的房子，作为自己的住所。起居室兼做接待客人的客厅，另外两间是书房和卧室。

“我以后就在这儿，一个人生活下去了。”气乐堂首先向妻子报告。

他的确是打算一个人生活下去的，但六十多岁的男人独自生活，也未免太孤独了。

于是乎，他又回归风流的天性，交了两位女友。

她们是殿村夫人和枫千裕。

虽说如此，但他并没有和其中任何一位女士结婚的打算。

只是为了排解独身的寂寞，想时常接触一下女人，他一直是以这样的心态跟她们交往的，可万万没有想到突然有一天会摊上这码事。

莫非是遭了什么报应？

眼下最要紧的是如何应付殿村夫人，没工夫瞎琢磨这些。

如果不赶紧想点办法的话，今天让人家脱去内衣、躺在自己床上这件事就没法交代了。

可是，那个关键的家伙仍旧蜷缩着，没有干活的意思。

“怎么办？”已经耗了这么长时间，如果那家伙还不起来，难道就只能放弃了？

难办的是，怎么跟殿村夫人解释呢？

照直说“因为那儿起不来了，所以……”，还是把殿村夫人的手引到自己的胯下，让她摸一摸，告诉她“突然变成了这样，请你不要抱希望了”呢？

虽说事实如此，他也不愿意让殿村夫人看到自己这副糗样。

退一步说，如果让殿村夫人看了，她反倒会觉得不可思议的。

如果她说：“从来没有这样过，怎么突然变成这样了？”气乐堂将无言以对。别说是回答她了，他自己还想问问是怎么回事呢，所以不如不让她知道。

再说了，万一殿村夫人以为自己不举是因为她缺少魅力的话，那可就麻烦了。

其实这个状况跟殿村夫人一丁点关系都没有，完全是自己单方面的问题，只是它直不起来罢了。

不管怎么说……气乐堂自忖着，打定了主意。

这一切都是自己的责任，所以，现在自己要尽全力来弥补。

他搂住殿村夫人，虽说不能使用那家伙，但可以用手多多加以爱抚。

不知这样殿村夫人会不会感到满足，可事到如今，也只能靠这个法子来蒙混过关了。

气乐堂重新搂住殿村夫人。

殿村夫人以为气乐堂会理所当然地跟自己做爱，因而一直紧紧地依偎着他，然而他始终没有像样的动作。

他只是一而再，再而三地搂过她来，用手在她的后背上下抚摸，却没有进一步的要求。

照这样下去，殿村夫人等得不耐烦，表现出不满，只是时间问题。

“得抓紧了。”气乐堂对自己说。可是胯下的家伙依然如故，缩成一团，没有勃起的兆头。

“完了……”终于，气乐堂放弃了进入殿村夫人的身体这个想法。

虽说这么打算，可现在马上停下来，也太不负责任了。

到现在为止，殿村夫人一直在期待得到他的爱，所以，他必须回应她。

虽然不能进入殿村夫人的身体，但能不能只靠爱抚来使她满意呢？

气乐堂再一次抱住殿村夫人，右手从她的后背逐渐向下滑去，开始抚摸她的臀部。

他温柔地在那一带来回抚摸了多遍之后，又逐渐向下方移动。

殿村夫人似乎察觉到气乐堂终于准备进入真正的阶段了，即将像以往那样交合了。

令人沮丧的是，他这次不可能做到那一步了。

气乐堂在心里说着“真对不起”，一边将手指伸进殿村夫人的胯下，感觉她的私处已然湿润了。

“好……”气乐堂暗自点点头，进而用右手的中指和食指轻轻触摸她的私处，左右摇动着。

由于那里是女性最敏感的部位，动作要不轻不重，指尖微微触到即可。

这是气乐堂多年来通过接触女性得到的窍门。

这样重复两三次后，殿村夫人那里更湿润了。到了这个程度，问题就不大了。

由于受到超长时间的爱抚，殿村夫人的身体已经充分苏醒，开始燃烧了。

证据就是其私处愈加湿润，而且她还发出了呻吟。

从现在开始，无论他做什么，殿村夫人都不会拒绝的。

可是，正如刚才意识到的那样，他已经没有可以进入殿村夫人那湿润的胯下的“道具”了。

虽说非常遗憾，但此时气乐堂只能以拼命抚摸她的敏感处来弥补了。他用两个手指持续不停地、温柔地爱抚着。

这时，殿村夫人发出了梦呓般的声音，听起来像是：“唉，还不行吗……”他却无法回应。

“再稍等一下，马上就进去……”

他想这样说一句，并立刻进入殿村夫人体内。

以往每次都是这样的程序，甚至等不到那个时候，他就迫不及待地进入了。

然而现在，那种好状态犹如遥远的往事一般与自己无缘了。

上次自己还是蛮顺利的，这回却感觉那么困难，莫非是因为以后再也不行了？

殿村夫人自行燃烧起来，没有顾及惶恐不安的气乐堂。

“快……”短促而尖锐的声音从殿村夫人嘴里发出来，想必她已经到达燃烧的沸点了吧。

就在气乐堂这样猜想的瞬间，殿村夫人发出一声呜咽，浑身颤抖着，紧紧贴到他的身上。

与此同时，气乐堂伸开双臂揽住殿村夫人的身体。

“搞定了吧？”不需要再确认什么了，气乐堂紧紧抱住了殿村夫人。

现在唯一的选择就是这样拥抱她。

直到殿村夫人自己松开他之前，要一直保持这样的姿势。

“还没有那个呢，就已经……”气乐堂心怀歉疚地想着，仿佛与他的歉意相呼应似的，那家伙也蜷缩着。

几分钟后，殿村夫人终于平静了下来。

气乐堂并没有跟她本人确认，但从她微微侧着身、一动不动地趴在床上的样子来看，她已经从兴奋状态中苏醒过来了。

“太好了……”气乐堂心里直庆幸。

倘若自己让人家脱了内衣，却不理不睬，假装睡觉，会是怎样的后果呢？

“你是在耍我吗？把人家挑逗起来后，又突然给撂在半路上，自己跟没事人儿似的睡觉，有你这样的吗？太过分了吧！”这些抱怨很可能劈头盖脸而来。

不过，殿村夫人是大家闺秀，断不会说出那些恶言恶语来的。

她很可能什么也不说，只是低着头，为自己欲火熊熊的身体而羞耻，然后开始穿衣服吧。

即便自己好言抚慰，殿村夫人也会认为自己这个人不靠谱，是一个不知什么时候会变心的人了。

自己自然是百口莫辩，无从解释了。

即使她问起刚才怎么了，自己也无法老老实实地回答：“它起不来了……”

况且，就算照实回答了，殿村夫人也未必完全能够理解这件事。

总而言之，差一点儿就会造成严重的后果，可是今天竟然能够侥幸过关，不知是因为自己应对得好，还是因为殿村夫人是个成熟的女人呢？

不论真相如何，现在可以肯定的是，此时殿村夫人的状态还算是比较正常的。

于是，气乐堂再次抱过殿村夫人，在她的耳畔低语。

“谢谢你！太棒了！”

自己的萎靡不振先放在一边，殿村夫人的上佳状态是无可否认的事实。

又躺了几分钟后，气乐堂慢慢地从床上起来，去隔壁房间穿衣服。

以往他们会在床上继续相互轻吻，嬉戏一会儿，但今天他实在没有那份心情。

见气乐堂起来了，殿村夫人也下了床。

气乐堂刚在书房的椅子上坐下，殿村夫人就进来了。

“抱歉……”气乐堂不由自主地轻轻说道，往桌子上的玻璃杯里倒了些乌龙茶。

“啊……挺好的。”

殿村夫人只坐了一会儿，就说要回去了。

现在才九点，比往常早了一个小时，但气乐堂也无意再挽留，把她送到玄关。

殿村夫人在玄关穿好鞋后，回过头来说：“那我走了……”

“谢谢！路上小心。”气乐堂鼓起勇气伸出手，紧紧握住有些踌躇的殿村夫人的右手说，“我会再跟你联系。”

殿村夫人听了微微一笑，低头行礼后打开了门。

“晚安！”

殿村夫人轻轻点点头，大门关上后，她的脚步声渐渐远去，屋子被静静的夜幕包裹了。

“回去了……”

虽然没有交谈几句，但看样子，今晚殿村夫人似乎感觉到了他有些不对劲。

至于自己为什么没有跟殿村夫人发生性行为，事后他也不想对她明说，但气乐堂自己不得不好好思考一下了。

第二章　力不从心

和殿村夫人分手之后，气乐堂的思绪依然沉浸在不举这件事上。

“这也太衰了吧。”

以前气乐堂也并非没有过这样局部委顿的情况。

不仅仅是上年纪以后，年轻的时候也时常出现这种情况。

比如第一次和女人发生性关系的时候，虽说那时才十九岁，但因过度紧张而没能顺利地勃起。幸而对方的年龄比气乐堂大，她告诉气乐堂“不着急，慢慢来”，那家伙才终于挺起来了。

还有二十岁到三十岁时，偶尔也会由于慌张或者逞能，导致那家伙起不来。

但那些都是暂时的现象，过一段时间，就会恢复正常，照样雄赳赳的了。

因此，那些情况不能叫作不举，说成“瞬间的不举”还勉强过得去。

不过，今天可是名副其实的不举了。

即便再耗下去，也是不会有起色的。

换句话说，委顿的状态似乎已成定局了。

直到现在，摸一摸它，它仍然缩成一小团垂在裤裆里呢。

真不知该把它现在这倒霉样说成是惨不忍睹，还是失魂落魄了。

气乐堂重新脱下裤子，触摸自己的那个玩意儿。

看上去它和平时没什么两样，并没有变大或者变小。

还是和刚才在床上时一样，安静地蜷缩着。

气乐堂想要弄明白缘由，便抚弄起它来。

“说起来自己也太大意了。”

虽说迄今为止，自己已经和女人睡过多次，但事先还是应该仔细确认一下。

“今天你没问题吧？”需要这样摸一摸它来确认一下。

人一过七十岁，做这样的准备还是有必要的。

现在回想起来，今天从一开始就觉得没有什么精神。

要是搁过去，有时候一想到要跟女人约会的事，那个部位就会膨胀，硬挺起来。

即便到不了那个程度，只要到了床上，一看见殿村夫人慢慢脱去衣服，露出白皙的皮肤，就会感到它渐渐发硬，抬起头来。

唯独今晚，这些迹象一点儿也没有。

可以肯定今天晚上是异乎寻常的。尽管事前自我感觉和以往不大一样，但仍掉以轻心，自己实在是太疏忽大意了。

“不过……”气乐堂不禁自言自语起来。

说实话，这种体验还是第一次。虽说过去也不是没有过类似的情况，但都是因为纵欲过度、太过疲惫造成的。

然而，最近并没有怎么消耗体力啊。

只是五天前和枫千裕睡过一次，而且近来事先都会吃伟哥。

所以自以为没有问题，就放松了警惕。

应该说根本没有想到自己会变成这样。

不过，上了年纪后，不如人意的情况会层出不穷的。

实际上，老年人都会像念口头禅一样念叨“最近腰痛得不行”“肩膀酸疼……”“总觉得累……”等。

还有的老人会毫不掩饰地诉说自己“特别健忘”“想不起人家的名字来”“老是迷迷糊糊的”。

毋庸置疑，这些情况都是由于年龄太大了而发生的令人羞耻的事，可为什么只有性衰退这种事没有人公开说呢？

时常听到男人说“最近什么都不行了……”或者“那个事，早就死心了”，但他们从不直言是什么时候开始不行的。

人们为什么喜欢使用暧昧、含糊的说法来表达呢？

莫非是因为与性有关，就觉得必须含糊其词？

但是，与性有关的事不正是相当重要的事吗？甚至可以说是人生中最本源的事。

而人们却总是顾左右而言他，是不是打算一直这样遮掩下去？

然而，上了年纪后，没有人能避免进入这样的状况。

这是非常自然的事，根本不必遮遮掩掩，含糊其词。

你是什么时候开始不行的呢？

即便谈论到这个程度，也没有什么可羞耻的或不光彩的。

“我就敢明说。”气乐堂对着自己的书桌嘟哝着，“我是在六十五岁后察觉出自己的性能力变弱的。”

记得自己是从六十七八岁开始吃伟哥的。

当然，这些情况气乐堂也对朋友说过，他以为靠着药物就完全可以高枕无忧了。

可是，从今天晚上开始，连药物也失了效。

“对，就是从七十三岁的初夏开始的。”

那天晚上，气乐堂翻开医学书籍查阅起来。

他想知道医学上是如何给“性无能”定义的。

出乎意料的是，在医学大辞典里没有找到“性无能”这个词。

这是怎么回事？这意味着“性无能”是不属于医学范畴的问题？

这事本身的确算不上是病，但它对于众多男性却是极其重要，甚至是严峻的事情。

无视这一点，是否可以说是医学大辞典的一大缺陷呢？

气乐堂感到很意外，他又查阅了《广辞苑》[1]，这本书里有“性无能”这个词。

可是，首先给出的定义是“没有才能、没有作用”。

这些定义似乎和性的问题没有关联，气乐堂不禁露出了苦笑，心想：“也可以说是这么回事吧。”

《广辞苑》里接下来还有“做不到、做不成”等解释，最后才出现了“没有性能力，impotence（阳痿）”。

终于看到了这个关键的词语，想来《广辞苑》的编辑在编写这个条目时，也颇为不好意思吧。

可是，这种程度的解释太过简单，让人还是搞不明白。

于是气乐堂又查阅了更专业的医学大辞典。

到底是大辞典，果然有这个词条。

首先解释为“阳痿”，然后是“impotence”。

原来日文汉字写作“阳痿”啊。气乐堂点点头，这个词不但没听说过，汉字也是头一次见到。

恐怕其他日本人也都不知道，可是德语的“impotence”这个词却使用得很普遍，令人不敢相信。

据说日本语和世界上的其他语言相比较而言，词汇是特别丰富的，然而有关“性无能”方面的词却用德语来解释，究竟是为什么呢？

1　日本最有名的辞典之一，类似于中国的《辞海》。——译者注是否可以说，事关肉体方面的不光彩的事情，日本人不愿意使用日本语呢？

还是觉得使用日本语感觉很别扭呢？

总之，气乐堂觉得“阳痿”这个词很新鲜，也很有趣，就把这个词记在了本子上。

然后他又上网查了维基百科。

这里首先说明“勃起障碍”（Erectile Dysfunction，简写为ED）是男性机能障碍的一种，即由于penis不能勃起或不能持续勃起，无法进行满意的性交的状态。

而且由于性交时无法获得有效的勃起，一般来说有百分之七十五的可能是无法完成性行为的。

这些或许是真实的情况，不过，百分之七十五这个数据是从哪里得来的呢？

气乐堂觉得自己现在的情况属于因上年纪而百分之百发生的勃起障碍，这又该划入哪一类呢？

看到分类繁多的目录，气乐堂觉得很有趣。从性机能障碍概要到勃起障碍、年纪增长与勃起障碍，以及机能性勃起障碍与器质性勃起障碍，再加上混合性勃起障碍、药剂性勃起障碍，甚至还有作为危险因素的新婚性勃起障碍，等等。

对于这些状况的诊断，是通过夜间penis勃起测试仪进行的。可使用penis硬度周长连续测定装置以及勃起测试表、测试卡尺、测试卷尺等来进行测定。

气乐堂认识这样一对情侣，他们刚结婚一年就离婚了。

夫妻俩都是很稳重的人，表面上看没有任何问题，后来一打听，才知道男的患有阳痿，根本无法性交。

如果女方事先知道这个情况，想必就不会结婚了。

说到这病的治疗手段，首先是服药，以及手术治疗，此外还有给 penis 海绵体注射血管启动性药剂、使用体外 penis 压迫式勃起辅助器等方式。

气乐堂又往下看“概要”，里面写着除了勃起困难、硬度不足之外，性交中途不能持续的症状（即所谓的“早泄”）也属于 ED。

有关性机能障碍的定义是：性欲、勃起、性交、射精、极致感，缺少其中一个以上环节，或有一个环节表现不充分，即属于性机能障碍。

维基百科上的解释还有很多。

根据词典解释，有勃起障碍的人，会随着年龄的增长而增多，器质性的 ED 在五十岁以上的人里比较多见，但心因性的 ED，在年轻人里比较多见。

尤其是近年来，人的寿命有延长的倾向，想要更长久地享受性生活快乐的老年人在增加，也使 ED 越来越受关注。

这话说得有道理，如果有人说气乐堂就是这些人中的一员，他也不能不点头同意。

数据虽说有些旧了，据一九九八年阿姆斯特丹的国际性无能学会发表的统计数字，男性罹患勃起障碍症的概率如下：四十到四十五岁之间是百分之十六，四十六到四十九岁之间是百分之二十，五十到五十五岁之间是百分之三十六，五十六到五十九岁之间是百分之四十七，六十到六十五岁之间是百分之五十七，六十六岁以后是百分之七十。

看这些数据，的确患病率很高，但通过服用伟哥等方法，是不是能够解决？还是这病一辈子都恢复不了呢？对于现在的气乐堂来说，这是需要解答的问题。

于是他查看了有关年纪增长与勃起障碍的说明。据说从年龄差异来看，老年人跟年轻人比起来，性交的频率自然要低，而且睾丸酮的合成减少，精囊也有些萎缩，海绵体平滑肌的伸缩也不太理想，等等。

然而对老年人的调查显示，百分之八十到百分之九十的老年人都有性欲。

尤其是一九八五年对六十岁以上的老年俱乐部会员进行的调查显示，有百分之九十的人回答有性欲，希望有性行为的人是百分之六十点四。

与此相对，老年女性因老年性阴道炎和阴道萎缩、子宫萎缩引起的性交疼痛等导致的性交困难，如果服用雌性激素，就有可能使这些状况得到改善。

按此逻辑推论，七十三岁的气乐堂因年龄大了而得 impotence 是无药可救的，而女性有性欲是很自然的，或者说是理所当然的了。

“是这么回事啊。”气乐堂不禁对自己说道。

不管怎样查阅，看起来仅仅从一般的词典或医学辞典里是得不到有关阳痿或 impotence 的深入说明了。

说不定那些特殊的书，譬如从兴趣角度写的有关医学知识的书，反而会更加深入地探讨这个问题呢。

气乐堂这么一想，就去书库找来这类书，打开一看，就看到了有关 impotence 的定义：

“所谓 impotence，一般人认为即是 penis（penis，男性生殖器）不能勃起，但事实上若是缺少性欲、勃起、性交、射精、性高潮这些环节中的一个及以上，或这些环节表现都不充分时，也叫 impotence。”

这些气乐堂已经知道了，他想知道具体都包括哪些情况。

他继续往下看，这篇文章的词语解释本身就写得非常有意思。

“也就是说，一碰到女性就射精的‘万岁型’，或者交合很长时间，一直处于勃起状态却不射精的‘女性木偶型’都属于 impotence。”

“万岁型”和“女性木偶型”的表现着实有趣，不过真的有这样的男性吗？

气乐堂不禁对性行为的丰富多彩感慨不已。

气乐堂继续看下去。

“impotence，即所谓性交障碍者，分为器质性和机能性两种情况。其中，前者是由于脊髓等受到外伤，勃起神经受到伤害引起的，或不是因为受到伤害，只是对性行为要求过高，反而导致不举，即心理原因造成的情况。”

作为医生的气乐堂，对这方面的情况很熟悉。

当然，作为 impotence 的原因，分为器质性和机能性两种是有道理的，但气乐堂现在的情况并不属于受到伤害的器质性的不举。

应该属于上了年纪的单纯的 impotence，不能算是病。

那么，自己现在的情况是属于正常的 impotence 了？

这本有趣的书接下来还有：

“关于勃起，即所谓 erection，这是给平时处于软糖状态的软软的 penis 送入大量的血液，使之充血，来使 penis 挺起的。”

“嗯，说得对。”气乐堂点点头，“这是被称为勃起的现象，英语是 erection，德语的拼写也差不多。”

在这样的定义之后，又是有趣的解说：

“而勃起的角度与该男性的 sex performance(性能力)大致成正比，与飞机起飞时的上升角度与发动机的马力成正比很相似。”

迄今为止，气乐堂从没有想过勃起角度等问题，但这个比喻很简明易懂。

原来如此，记得年轻的时候，尤其是刚刚开始性交的时候，自己的 penis 几乎是直直向上地挺立着的，这说明那时候 penis 的马力很足。

“各人情况不同。有的人相当于与地面呈七十度角的‘快速拉升起飞’的角度，有的大约是五十度角，还有像客机那样呈三十度角或二十度角缓慢升高的。”

拿飞机起飞的角度来比喻，让气乐堂觉得很可笑。

这位作者大概是为了取悦读者，还很具体地介绍了老年人的情况。

“实际上，人到了中年，上升角度便下降到了二十度角，从五六十岁开始下降到十度角左右，只能勉强离开地面了。”

倒也是这么回事，可这还用得着说吗？气乐堂有点生气，文章是这样结尾的：

“如上所述，勃起能力随着年纪增长而逐渐衰弱，将那些十度角以下、无法‘起飞’的情况看作不举，也许比较易于理解。”

“不对，不是十度角以下，而是一点儿动静也没有才叫不举呢。”气乐堂对着书驳斥道。

然后，气乐堂又查阅了有关伟哥的资料。

根据这本书的解释，伟哥也叫 sildenafil（西地那非片），据说原本是治疗肺动脉非高血压症（心绞痛）的药物，由美国的辉瑞制药公司研发。

这种药作为治疗心绞痛的对症药，大概是在二十世纪九十年代前期开始研发的。

但是，当时这种药对心绞痛的治疗效果并不理想，所以公司决定中止试验性的用药，但试验者拒绝返还药品。研究者询问其原因，才知道这种药对 penis 的勃起有着促进作用。

于是，该药的使用目的变更为壮阳药，从一九九八年开始推向市场。

该药起初在欧美出售，而且在媒体和网络上被吹捧为“梦幻之药”，甚至“划时代的新药”，后来也开始在日本出售了。

然而，在日本销售后不久，发生了老年冠心病患者或服用 nitroglycerine（硝酸甘油片）的患者以个人购买的方式获得，并将其用于性行为上，从而引发心肺功能停止而死亡的事件。

因此，日本为确保安全，将其列为需要医生诊断和处方的医疗用药。

而事实上，一九九九年一月，该药获得生产许可；三月，由辉瑞公司向医疗机构出售。

不言而喻，这个措施得到了众多老年朋友的欢迎，但批评这种做法的声音也很多。

实际上，此类快速审批，过去在治疗上的学术性很高的抗 HIV 治疗药一直是这样实行的。但是已得到安全性确认的口服避孕药的销售许可申请，却被搁置了十年之久，直到一九九九年六月才终于得到批准，与之相比，该药的审批可谓异乎寻常地快速。

当然，对于这件事，各种健康保险团体或医疗方面的人士，也发出了“审批过于随意”的质疑声。

其背景有着哪些情况，至今还不清楚，但参与审批的人也曾经透露过，这么做是由于希望早日得到这种药的人很多的缘故。

提到伟哥的作用机制，据说这个药会降低五型磷酸二酯酶的酵素活性，进而阻碍体内环磷酸鸟苷的分解。

其结果便会刺激 penis 周边的神经，扩充血管，增加血流量，以此来促进和维持勃起。

据说，有勃起障碍症的患者，在性行为发生前三十分钟到一个小时间服用此药，就能够正常勃起，进行性行为了。

这一点气乐堂自己也体验到了，但文章里还附加了注意事项：如果不对 penis 进行适当的物理性刺激的话，也有可能不勃起。

而且，药物本身并不具有提高性欲的效力。

此外，还明确说明：此药物对于勃起虽然有效，但对增加精子运动量或精子数以及射精量是没有效果的。从以上结果可知，这种药对治疗射精时几乎没有精液，即所谓的“空放”状态，也是没有效果的。

确切地说，这些都是气乐堂非常熟悉的知识。

因此，对于伟哥，他并没有期待正式认定范围之外的效用。

气乐堂现在更想知道的是，对于已经遇到了因上年纪而不举，即所谓老年性勃起障碍的情况，有没有对症的药呢？

有没有可能即使上了年纪，也能让那里继续工作呢？

可是，到目前为止，他还没有看到这方面的说明。

看来只好放弃了，但他就是不甘心。

难道，真的没有在和女性交合时，只是让局部自然鼓起、变硬的有效方法吗？

现在这是气乐堂唯一的指望了。

文章还没有完，他继续往下看。

这种伟哥，不仅只作用于 penis，还具有促进血液扩张的功效，因此，后来也一直在研究它能否用于其他各种疾病的治疗。

例如用于慢性冠心病和肺高血压症，以及在手术中切开心脏，或者手术之后出现急性肺功能障碍等情况时使用此药。

就这样，利用的范围在逐渐扩大，但这种药的副作用有多大呢？

关于这一点，如上面所述，和 nitroglycerine 等硝酸盐类药物一起服用的话，此药会导致血压急剧大幅降低。

而且，由于进行性行为时心跳加快、血压升高、心肌氧气的消耗增多，便会引发心绞痛症状，从而导致心脏供氧不足。

特别是服用此药时若发生心绞痛，送去医院急救时，服用者一般不愿意告诉医生自己曾服用了伟哥，因而医生会开出硝酸盐类药物，这样一来反而导致病情恶化，甚至死亡。

因此，若在性交时发生心绞痛等状况，必须如实告诉医生服用了伟哥。

考虑到这一点，辉瑞公司不但让医生和药剂师知晓禁忌药物的相关信息，同时在片剂包装的背面，也注明了不能与 nitroglycerine 等硝酸盐类药物一起服用。

但是，因勃起障碍服用伟哥的人，往往不仔细看这些说明，也不关注这些注意事项。

而且，制药公司现在还提醒人们不要忘记在有些滋补和提神的健康食品或保健品里，也含有西地那非这种成分。

综上所述，成年男子最渴望的药物却可能给老年人带来生命危险，这是多么有讽刺意味的事啊。

这些情况虽不广为人知，但不可否认，确实有人因这些副作用而死亡。

气乐堂当然也很清楚，在日本要想通过正规渠道获得伟哥，就需要医生的处方。

然而由于这种药不属于健康保险的范畴，因此各医疗机构可以任意定价。

刚出售此药时，采取的是泌尿科或内科医生等通过问诊，了解患者勃起障碍之后，开出处方的方法。

在这些检查中，原则上患者需要将 penis 暴露给医生，或让医生触诊。

但是由于很多人羞于这么做，所以后来有的诊所只是在简单的问诊之后，就开处方。

即便这样，有些人也懒得去医疗机构或药房，因此出现了自行委托代购业者购买进口药的情况，直到现在这种情形仍然存在，但其中常常会混进假药或仿制药。

另一方面，据说和伟哥具有同样效力的药物也研制出来了，现在也在出售。

例如，印度的阿旃陀制药公司（Ajanta Pharma）制造的七味果冻（kamagra）、兰博西制药公司（Ranbaxy Laboratories）的卡为特（caverta）、赞度斯公司（Zydus Alidac）的彭哥 (penegra) 等。

除了这些之外，伟哥的仿制品也层出不穷，因此从国外购买时，一定要慎重再慎重。

而且在印度生产的这种药，在生产过程中或品质管理方面出现问题的也不少。

考虑到上述问题，在日本的正规医院或医疗机构直接购买伟哥是最理想的途径，可是，出人意料的是很少有人这样做。

究其原因，可以说是日本人独特的羞耻心在作怪，其实大可不必如此介意。

一般人过了六十岁，无论多么健壮的男性，都会遇到不同程度的勃起障碍。

因此，感到勃起力衰弱的男性应该放松地听取医生的建议，但在日本几乎没有人这么做。

气乐堂当然一直在使用伟哥。

最初，他是跟夏威夷的一个医生朋友要的，现在则从那个医生的朋友那里得到。

当然他没有接受过外国医生的诊断，因为他自己也是医生，所以得到了对方的信任。

气乐堂常常在与女性约会的三十分钟到一个小时之前服用四片或五片伟哥。

吃几片要视情况而定，并非固定的。

一般来说感觉精神状态不错，尤其是身体没有异常的时候服用四片，稍微感觉有些疲劳的时候就服用五片。

此外，对女性感兴趣，渴望尽快约会的时候，服用正常的剂量就足以达到效果；而已经多次约会，开始有些厌倦的时候，就增加一点儿剂量。

按照以上的方法行事，他至今还没有失败过。

可是，这次跟殿村夫人怎么搞砸了呢？

和她交往已经两年多了，已经没有多少新鲜感。

她的确不年轻了，但身体线条还很美，皮肤也很有弹性，仍保持着年轻女人一般的柔韧性。

而且最吸引气乐堂的是，她在床上足够淫荡。

从外表上自然是不可能看出来的，至少她穿着衣服的时候，是一位端庄持重的有身份的夫人。

实际上也如此。她的夫君是某一流制药公司的董事，她当然是上流社会的夫人了。

不过，一旦脱了衣服，变得赤裸裸的时候，她就突然变了个人。

看着她那激烈而奔放的样子，简直不敢相信她就是刚才那个优雅端庄的夫人。

不用说，她的这种放浪不羁的情态是气乐堂一手调教出来的，但气乐堂现在却无法回应她，只能说“太可悲”了。

回过头想想，那天自己在和殿村夫人见面之前，肯定吃了四片伟哥。

以前一直是吃四片，而且足够用了。

万万没想到会突然遭遇滑铁卢，究竟是什么原因呢？

有关伟哥的资料虽然很多，但全都是说明为什么会有效，至于吃了药也不管用时该怎么办，却没有相关的说明。

然而，早晚有一天伟哥会不起作用的，那些资料却根本不提这个问题，这也太没有人情味儿了吧。

当然，如果吃药也不起作用的话，或许只能说“怪你自己”吧。

问题是，既然使用它能够让人打起精神，那么，一直负责到底不是它的分内之事吗？

气乐堂很想发发牢骚，可冲着药品说这些也没什么意义。

问题出在自己身上。

这么说，自己的身体越来越衰老了吗？

不对，这种情况与身体骨骼和内脏器官的衰老有所不同，只不过是伟哥不再起作用了。

它那种扩张 penis 的血管、增加血流量的功效已经不再起作用了。

换言之，身体本身没什么变化，但 penis 变化了，也就是说它吸收伟哥、扩张血管的能力丧失了。

那么，以后该怎么办呢？

气乐堂抱着胳膊，思考起来。

这样思来想去时，他心里渐渐冒出了几个疑问。

莫不是因为身边躺着的是殿村夫人，自己才会陷入这种状态？虽然这样想对殿村夫人有些失礼，但是倘若换成别的女人，也许就不会陷入那种状态了吧？

假如换成更年轻的枫千裕的话，没准就能平安无事了。

“你说呢？”气乐堂再一次问自己。

第三章　心神不定

现在，气乐堂交着两位女友，一位是殿村夫人，还有一位名叫枫千裕。

殿村夫人五十二岁，气乐堂去札幌参加医学会时，和她坐同一架飞机，因座位相邻而邂逅。

从那以后，他们在东京常常见面，一起吃饭，渐渐就好了起来。

现在还是独身的枫千裕，是气乐堂以前工作的医院里的护士，才二十九岁。

不知是该说“行啊，居然有两个女人”，还是说“哟，才两个女人啊”，反正两个女人都很美丽，很有个性，气乐堂很喜欢她们。

可是，自己突然间举不起来了，这个情况有没有可能通过一起进行性行为的女方得到恢复呢?

也就是说，虽然和殿村夫人不成功，但是和年轻的枫千裕就可能成功。

而且，这回还要稍稍增加伟哥的量，约会之前要养精蓄锐，然后再拼一下看看。

尤其是拥抱着枫千裕那样年轻的肉体，说不定还有戏呢。

气乐堂细细思考起各种情况来。

的确，当时突然陷入了不举的状态，不等于 penis 以后再也起不来。

那只是暂时的现象，如果环境改变了，它也会改变的吧。

假设换了性爱对象，自己的身体状况也调整一下之后，再尝试的话，性交还有希望也说不定……

如果真是那样，自己就不属于完全的勃起障碍了。

尽管自己身上确实出现了近乎勃起障碍的现象，但那只是一时出了状况，也许可以算是不完全的勃起障碍吧。

归根结底，在这个问题上务必谨慎地加以区分，考虑对策。

说实话，气乐堂还不想这么快给自己下定论。

勃起的确是出现了问题，但那是暂时的，过一段时间，环境改变的话，或许还会恢复到以前那样。

“决不能轻言放弃。”气乐堂给自己打气，“你说是吧？”

自从那次失败后，气乐堂一直在观察自己的 penis，可到今天仍然没有什么起色。

就是说它并没有多少膨胀或挺起一些。

它一直像那天一样软塌塌的。

当然，憋着尿的时候或排尿的时候，它还是会稍稍鼓起，照常放出尿液来。

Penis 充分履行了本身的职责，没什么可说的。

只是，penis 还有另一个任务，或者说是角色，就是为了进入女性的阴道而膨胀，唯独这一能力现在出了状况。

这与 penis 本身的职责也许多少有些差别。

实际上，即便它起不来，身体也不至于不舒服或者没精神。

因此在日常生活中不会有任何不便。

那么，为什么需要它扮演这个角色呢？

对了，就是为了让女性愉快。

难道只是为了这个吗？有人会表示惊讶，但是这件事对男人来说，有时候却是难以置信地重要。

而且这个能力是男性的象征，也是男性的存在证明。

“好了，现在想这些有什么用？”

气乐堂打住漫无边际的胡思乱想，找出手机里的枫千裕的号码。

现在，告诉她“最近想跟你见个面”的话，她一定会答应的。

自从和自己交往以后，她才有幸体验到了女人真正的快乐。

“我还是第一次感觉这么快乐……”

也许是气乐堂自我感觉良好吧，但这是她亲口对他说的，不会有错。

他想要再一次将枫千裕推上快乐的顶峰来找回自信。

“就这么着吧。”气乐堂自言自语着给枫千裕发了短信。

枫千裕好像对这条火急火燎的约会短信很是吃惊。

不过，好歹还是定在了三天后见面。

比起爱的幽会来，气乐堂这回约她主要是为了确认更换性爱对象后，自己会不会勃起。

头天晚上，气乐堂早早就上床休息了。次日出门前，他服用了五片伟哥，还随身带了三片。

下午六点半，他在涩谷和枫千裕见了面，然后去了牛排做得特别地道的餐馆“TWO ROOMS”。

年轻的枫千裕喜欢吃肉，自然高高兴兴地跟着他去了。

但是，近来气乐堂的牙齿有些不好，吃起这种比较硬的肉来很是费力。

因此，他要了份软软的优质牛里脊，慢慢地嚼着。

就自己现在这德行，也难怪自己的宝贝不干活呢。

他暗自点头，可也不能因此而放松对自己的要求啊。

肉一上桌，他还是想喝红酒，就要了常喝的法国拉格喜红酒，不过得小心别喝过头。

幸好枫千裕不太能喝酒，所以两个人各要了一杯红酒，慢悠悠地喝起来。

问题是，现在吃了肉，到了关键的时候，就会起作用吗？

气乐堂若无其事地轻轻摁了摁自己的裤裆，没有什么动静。

没有动静说明没有什么问题，还是有问题呢？

哎呀，真是糊涂了，进餐的时候，它怎么会有动静呢。

“牛排真好吃。”年轻的枫千裕比气乐堂吃得要快。

他自然希望她多吃点，可是，自己现在还有没有能力让喝酒、吃肉后精神倍增的枫千裕满足呢？

“别想那些没用的……”

气乐堂告诫自己，又放进嘴里一大块肉，一口喝干了那杯红酒。

吃饭花了近两个小时，之后，气乐堂带着枫千裕去了自己的公寓。

枫千裕已经去过多次他的公寓，这次也很自然地跟着他去了。

虽然气乐堂住的公寓紧挨着医院所在的公寓，但由于已经过了八点，所以不会遇见医院的职员或患者。

走进房间后，气乐堂又和枫千裕小酌了一杯红酒，然后再次确认自己的情况。

不过，他只是轻轻按了按那里，并没有让枫千裕注意到自己的举动，可那里还是老样子。

“还是不行吗？”

气乐堂半个月前和枫千裕发生过关系，那次还算顺利。

尽管不是那么强有力，却还是正常地进入了她的身体。

虽说那次也没有射精，但在心理上得到了满足。

今天晚上会是什么样呢？

说心里话，气乐堂没有什么自信，但是到了这个地步，不邀请对方上床，反而不自然了。

别想太多了，加把劲试试看吧。

气乐堂站起来，走到枫千裕身边，先轻轻搂住她，跟她接吻。

然后，拉着她的手去了卧室，打开床头的小台灯。

顿时能看清楚房间里的情形了，只见两个枕头并排放在床上。

这是气乐堂出门之前事先布置好的，接下来只剩下上床了。

气乐堂脱下裤子，脱去毛衣，只剩下内衣。

他先上床躺下后，枫千裕也从床尾慢慢上来了。

她穿着天蓝色的吊带裙，里面好像只有胸罩和内裤。

气乐堂慢慢搂过她的上身，紧紧地抱住她，

她个子虽小，却很丰满，是气乐堂喜欢的体型。

即使立刻直奔主题，她也不会不愿意的。

这么年轻的女孩子，竟然会投入自己的怀抱，让气乐堂很是沾沾自喜。

“你喜欢我吗？”明知这么问有些多余，气乐堂还是想问一问。

枫千裕用力点点头，说：“嗯，非常喜欢。”

“喜欢我这样的老头子？”

“别这么说。先生虽然上了年纪，但仍旧像小孩子那么天真。而且，身为院长，一点儿架子也没有。”

原来自己在她眼里是这样的人啊。枫千裕这么评价自己，没有比这更值得高兴的了。

气乐堂再次抱住枫千裕，可是关键的那个地方，依旧静静地缩着，没有起来的意思。

"看来还是不行……"

气乐堂暗自问自己的物件："你还是不起来吗？"

今天晚上，应该说各个方面都是最佳状态。

首先，是枫千裕这样年轻健康的女人躺在身边。

其次，见面之前他已经充分休息了，服用了伟哥，还在餐厅吃了肉，喝了适度的红酒。

各个方面的准备都无可挑剔。这么说可能有点滑稽，但事实上勃起所需的最好条件已经全都具备了。

尽管如此，关键的部位却事不关己似的，一直在装傻充愣。

"喂……"气乐堂不禁在心里对它大声喝道，"你干吗呢，还不快点起来！"

要是可以的话，他恨不得命令它，敲打它起来。

可是，这个要命的东西依旧事不关己似的稳如泰山。

"准备得那么充分，还是……"

枫千裕哪里知道气乐堂正急得抓耳挠腮，她把脸轻轻贴了过去。

以往都是一上床，两人就立刻抱在一起，同时气乐堂会脱去她的内衣，让她一丝不挂。今天他这是怎么了？她心里一定这么琢磨，所以才会主动贴到他身上，似乎在催他"快点啊"。可是，气乐堂现在根本做不到。

再等一下——气乐堂仿佛想表达这个意思似的，从上到下，从下到上地抚摸起枫千裕的后背来。

"啊……"

已经快到高潮的枫千裕发出了轻吟，轻轻挺起了上身。

到了这个程度，她还穿着内衣，也太可怜了。

因为那地方老是不动弹，气乐堂有些恼羞成怒，一把拽掉了枫千裕的胸罩和淡蓝色的吊带裙。

枫千裕立刻娇嗔地发出一声“来吧”，主动把下半身贴了过来。

“不赶紧就不行了。”气乐堂对自己说道。可是胯下仿佛什么也没听见似的，静悄悄的。

“简直太可恶了！”

这样下去，枫千裕很可能会越来越不耐烦的。

“特别想尽快见面”，自己这样半强迫地把人家约出来，还情意绵绵地请人家吃了牛排，可到了床上，却无所作为，真是够丢脸的。

也许过不了多久，枫千裕就会说出“快点啊”之类的话。

心神不定的气乐堂，再次把枫千裕抱过来，让她稍稍平躺着。

迄今为止，他和枫千裕在多数情况下，也是以偏侧位结合的。说实话，这种体位可以充分爱抚女性的私处，女性兴奋起来之后，也便于男性进入。

此刻，气乐堂做出故伎重演的姿态，手沿着微微平躺的枫千裕身体右侧慢慢移到前面来，开始爱抚其敏感之处。

他的动作不轻也不重，忽而貌似要交合，忽而又停下歇息，就这样反复折腾的时候，枫千裕已经燃烧起来了。

“来吧，来吧……”

不能再磨蹭了，气乐堂焦急万分，可是那家伙还是我行我素的没有动静。

“完了……”

万般无奈之下，气乐堂只得将自己的手指伸进了她的花丛里。

瞬间，枫千裕“啊”了一声，紧紧搂住了气乐堂。

怎么回事，气乐堂完全不知道发生了什么。

唯一可以确认的是，气乐堂那地方并没有启动，而枫千裕灼热的身体却紧紧贴着他。

事到如今，只能紧紧抱住她的身体了。

气乐堂在心里对自己说着，想起此情此景在和殿村夫人做爱时也出现过。

现在，气乐堂静静地躺着。怀里抱着一个全裸的女人，却无所作为，实在是不可思议，他此时的心情简直糟透了。

自己和殿村夫人、枫千裕这两个女人都紧密接触了，可关键的部位却若无其事，毫不配合。

“明白了……”他正要点头时枫千裕轻轻问道：“完了吗？”

枫千裕可能觉得奇怪，对他没有进入自己的身体这件事感到无法理解。

而气乐堂却无法作答。

他既不想说是这么回事，也不想说不是这么回事。

现在他唯一可以做的，只有轻轻地抱住枫千裕的身体。

同时，气乐堂一边轻轻地触摸自己那无精打采的东西，一边暗自点头。

难道说，不举在任何环境下都无法改变吗？A 女子不行的话，B 女子没准就可以，这样的可能性似乎是没有了。

本以为会因对象不同而多少有些差异，但现在看来，在任何情况下，penis 都是一样起不来的。

这么说，以后也会这样了？

想到这儿，气乐堂真切地感受到发生在自己身上的勃起障碍已经无法改变了。

大约从四年前开始服用伟哥后，他就知道早晚会有这么一天的。

然而，当这一天真的来临时，他就感觉像失去了什么宝贵的东西似的，仿佛突然间被抛弃在旷野里一样无依无靠。现在这个样子，怎么能算是男人呢？

不，事实上已经不是男人了，当然不算男人了。

“我已经不再是男人了。”

看到美丽的女性，也无法接近她们，拥抱她们了，既不会迷恋她们，也不会为她们而疯狂了。

因为自己变成不是男人的男人了。

被失魂落魄的气乐堂轻轻搂在怀里的枫千裕，仿佛什么也没有意识到似的，静静地躺着。

我沮丧成这样，枫千裕就一点儿感觉都没有吗？

气乐堂突然感到一阵焦躁，但自己不应该这样想。

即便躺在身边的气乐堂因为知道自己不行而沉默不语，跟枫千裕也没有任何关系。

只是枫千裕对气乐堂没有像以往那样进入自己的身体，一定会感到意外或是不对劲的。

正是为了缓和这种不对劲，气乐堂才使出浑身解数进行了长久的爱抚。

无论她是否因此感到了满足，最后还是发出了满足的呻吟，并抱住了他。这一点无可置疑。

不可思议的是，殿村夫人当时也是如此。

那天，气乐堂知道自己不能勃起后，直到最后关头一直在拼命地爱抚殿村夫人。

总之，对这两个女人，他只能以这种方式来弥补了。

现在，做爱已经告一段落了。

虽然她们并没有明确表示不交合也无所谓，但气乐堂只能让她们满足于这种爱抚了。

气乐堂渐渐放开抱着枫千裕的手，也把放在她身上的手收了回来。

“这就算是完事了……”

虽然不能这么说，但他此时就是这种心情。

幸好枫千裕大致猜到了这个情况。

气乐堂松开手后，枫千裕慢慢伸展开身体，但仍然俯身趴在床上。

如果能说出口，气乐堂很想现在亲口告诉她。

“对不起……”可是这么一说，就必须把今晚自己身体的所有情况都告诉她。

可是他实在说不出口来。

气乐堂一边抚摸枫千裕柔软的皮肤，一边在心里念叨：“因为我已经起不来了。”

可悲的是，要是这么一说，自己就不是男人了。

那天晚上，气乐堂送走枫千裕后，终于确认了这个残酷的事实。

“果然成了阳痿了。”

爱抚殿村夫人的时候，他还不能确认，但现在已经是毫无疑问了。

今天晚上，进行了非常充分的准备，结果还是不行。

“看来我是彻底起不来了。”

他闭上眼睛，想要大声叫喊：“你们知道吗？我是阳痿，起不来了。”

要是被正在医院里工作的护士羽鸟和吉安听到了的话，她们会怎么说呢？

不光是她们，以前的女友们，上个月去的俱乐部的女人们，还有医院里的职员们会怎么说呢……

他们会点点头说“不奇怪”，还是“活该”呢？要不就是哧哧地窃笑吧。

“不行，这种事绝对不能对别人说。就是天塌下来，这件事也不能说出去。”

气乐堂自言自语着，然后点了点头。

“只要什么也不说，就万事大吉了。”

就像什么事也没发生似的，不谈论这件事。只是若无其事地继续保持与己无关的态度。

实际上，肯定有无数男人陷入了这样的状态。同年毕业的北村和江口，还有老当益壮仍然显得很精神的石原和森下，肯定也都和自己现在的情况一样了。

然而他们都没有显露出一点儿迹象，总是一副“事不关已，高高挂起”的态度。

自己应该向他们看齐。要摆出一副勃起障碍跟自己一点儿关系也没有，连想都没有想过的表情来才行。

想到这儿，气乐堂歪着头“欸”了一声。

说起来，这件事也没有给自己带来什么损失啊。

既然根本就没有失去什么，何谈重大影响呢？一如既往地生活下去，是没有丝毫问题的。

没有必要再重复一次了，气乐堂什么也没有失去。

当然没有丢失金钱或宝贵的东西。

对于气乐堂的名声和医院也没有什么损伤。

的确，从那天晚上开始自己成了性无能者，但仅此而已。

自己也不会因为此事而受到别人的耻笑或轻视。

只要自己不特意谈论，或提起此事，就不会受到轻视或蒙受损失。

事实上，也许正因为如此，大家才把此事埋藏在心里，避而不谈。

“没错……”气乐堂再次点头道。虽说这方面不行了，也不必唉声叹气。

反倒会因祸得福，可以拜此事所赐，获得数不清的好处。

比如说，以此为契机不再和女性约会的话，首先就省去不少的开销。

既不必像过去那样常常在外面吃饭，女友生日或庆祝生日宴会的时候，也不必送贵重的礼物。

而且也不需要请女性来自己家里，上床交欢，劳神费心了。

甚至还可以成为和女性断绝关系的良机。

“对呀。”

此事或许是老天爷要自己从此收心，不要再去招蜂惹蝶了吧。

老天爷大概是要告诉自己：“你差不多到了该忘掉女人，安享晚年的时候了。”

再说这样也没有什么不好。

岂止是没有什么不好，这不正是平静地度过余生的良好开端吗？

气乐堂越想越觉得有道理，点了点头，“不过……”他转念一想，“从此我不再是男人了。”

“这不是要我从今往后和女性断绝来往，形单影只地生活下去吗？”

“不行，这我可做不到。”

如果妻子还活着的话，即便自己那方面不行了，也可以凭着“与妻子白头偕老”的名义，继续维持男人的颜面。

可是妻子已经不在了，还要和一直交往的女性断绝关系。在这种情况下，自己还能生活下去吗？当然，仅仅活下去是没有问题的。可是，完全不接触女性的话，也未免太无趣了吧。

这样的话，还算什么男人呢？正是因为对女性感兴趣，不断地追求她们，才是个男人。

不错，不追求女性的话，生活既轻松惬意，又节省了额外支出。

也不需要每次约会时都勉强自己装模作样，打肿脸充胖子了。

可如果因此而不再追求女性的话，男人也太可怜了。那不成了地地道道的败北主义者了吗?

是个男人的话，就应该永远追求女性。

正因为追求女性，所以才是男人嘛。

不是男人了，活着还有什么意义呢?

那样凑合活着的话，不是太空虚，太可悲了吗?

我要做真正的男人，直到死去的那一天。我要做一个喜欢女人的男人。

“好吧。”气乐堂站了起来。

深更半夜，在自己的房间里站起来，并不能做什么。

但是，他站在房间里环顾四周，断然说出了:“我可是个男人啊。”

的确，关键的部位现在依旧没骨气地耷拉着脑袋。

“那我也是男人！”

这里有个垂头丧气的家伙，它就是男人的证明。

“这样也行。这个样子也没有关系。”其实胯下怎么样都无所谓的。

“无论殿村夫人还是枫千裕，我都不会放弃的，不会让你们离开我的。”气乐堂坚决地对自己说。

也许以后不能和她们俩像以前那样发生性关系，让她们快慰了。

“不对……”气乐堂说，然后慢慢点点头，“也有可能让她们满足。”

刚才，虽然没能和枫千裕交合，但她最后忍不住发出“啊——”的叫声，还紧紧抱住了气乐堂。

她剧烈颤抖的程度与以往进入她的身体，使她达到高潮时的样子，没有什么不一样。

从某种角度看，她这次的反应或许更强烈一些。

而且，同样的情况也发生在了殿村夫人身上。

那一次，气乐堂也是因为无法勃起，跟自己较了半天劲，最后终于放弃了，但殿村夫人却紧紧搂住了气乐堂，她似乎已经自行奔到了顶点。

和她们二人的所谓的性行为虽然不成功，但气乐堂感觉她们都获得了满足。

她们对于没有交合自然是心知肚明的，然而，却都没有对此表现出特别的不满。

如果她们能够接受那样的做爱方式，气乐堂就把这个方式发挥到极致好了。

虽然那个地方不能用了，但气乐堂可以用手和手指来代替。通过爱抚女性的身体，加上诉说爱意和倾情接吻，让她们获得满足。

毫无疑问，这种方式实际上更能够让女性满足。

没有那个不靠谱的家伙捣乱，不是反倒可以让我自由发挥，随心所欲地挑逗她们的性感官，给她们带来别样的愉悦吗？

“对，就让这种方式大显身手吧。”

气乐堂自己给自己鼓劲。

第四章　怦然心动

每年一到夏天，来气乐堂的医院看病的人就增多了。

今天也是这样，医院九点一开门，患者就蜂拥而至，除去中午一个小时的午餐时间外，直到下午五点，气乐堂几乎没有休息的时间。

气乐堂认为，随着天气越来越暖和，人们去户外活动的机会增加了，于是因各种情况而受伤的患者和腰腿痛患者就多起来了。

而且，小孩子摔伤的情况也增多了，今天就有两个孩子被急救车送来。

气乐堂的医院虽然没有住院处，只能进行紧急处置，但由于医院紧邻青山大道，交通便利，一听说是摔伤，人们立刻会说“去那家医院”。

在今天来的那些患者中，有一位四十五岁左右的很优雅的女人，名叫有贺朋子。

她是一位律师，在医院附近的律师事务所工作。据她自己说，刚才她抱着一堆资料，快步在走廊上走的时候，突然摔了一跤，结果腰疼得走不了路。

于是气乐堂给她拍了个片子，她腰部的骨头并没有异常。

她还说以前虽然有时候也感觉腰部有些沉重，但从来没有像现在这样疼得走不了路。

"真是太意外了。"女患者露出自己也无法相信的表情。

的确，气乐堂看了看她的背部和腰部，没有发现摔伤的瘀痕或肌肉拉伤的情况。

"你这是常见的扭伤。"气乐堂很快做出了诊断。

"是扭伤？"

"对，你没有听说过吗？"

"记得家父好像得过一次。"

"这段时间日常起居可能会感觉疼痛，给你开点止痛药和膏药，今天就回家休息吧。"

她皮肤很白，苗条的腰身和丰满的臀部曲线更是诱人。

只是那优美的腰部被她的吊带裙遮住了。

"那么，我还是直接回家休息比较好……"

"对，还是这样比较好。"

这么美丽的女人，要是有病房的话，气乐堂真想让她马上住院，无奈没有病房。

"现在的医生也不看患者，总是盯着电脑屏幕，真叫人担心。"

许多患者都对医生抱有这样的不满。

幸好整形外科是根据检查数据或X光片，并通过患者的皮肤、关节以及骨骼的外观等来进行诊断的，所以，医生直接触摸患者是不可缺少的一环。

气乐堂尤其注重通过直接触摸患者来诊断，可能是这个缘故吧，他的诊所很受欢迎。

那一天，正当他忙于门诊时，前几天那位扭了腰的名叫有贺的女律师来了。

气乐堂一看病历，她三天前刚来看过病。

“怎么样，感觉好点了吗？”

气乐堂这么一问，她点了一下头，回答:“谢谢，感觉好了一些，但站起来，或者坐下的时候还是特别痛。”

她一边诉说一边皱起了眉头。

“因为每当站起或坐下时都是会给腰部增加负担的。”

气乐堂说话的时候，她已经按照护士的要求脱去了上衣，然后又脱下了裙子。

“请躺下吧。”

女律师只穿着薄薄的内衣，趴在床上。

气乐堂摁了摁她的脊椎上部，然后又往下摁了摁腰部和腿部。

“啊，好痛……”女律师突然轻轻叫了一声。

“是这里吧？”气乐堂又摁了一下她腰部右侧的凹处。她慌忙说：“对，就是这儿。”

“请再贴几天膏药，好好休息休息。”

气乐堂让护士在刚才那个地方贴上膏药，然后忽然想起来什么似的说道：“这种病，德语叫作‘Hexenschuss’。”

“什么，是 Hexen 吗？”她趴着问道。她不知道这个词也很自然。

有贺律师还趴在床上，气乐堂对着她的后背继续说道：“你也许知道吧，Hexen 这个词是女巫的意思。”

“女巫的意思？”

“所以，直译的话，就是‘女巫的一击’了。”

气乐堂在她那个“被击中”的地方轻轻地按了一下，她疼得稍稍扭动了一下身体。

看样子还是相当疼。

“很奇妙的词吧。”气乐堂说道。

有贺律师轻轻侧起身子，回答：“不过，还真是那种感觉。”

“大概是因为男人们感觉就像受到了女巫的一击似的吧。”

“可是，女性也会被击中的。”

“不过，女性被击中是很少见的。”

听她说，扭伤腰部是由于“抱着一堆资料，快步在走廊上走的时候，突然摔了一跤”，结果腰疼得走不了路了。

“以后重的东西，一定要让男人拿。”

“可是，事务所里没有男性。”

气乐堂突然闪过一个念头：要不然我替你去工作吧。

“总之要多加小心。”

“谢谢您。”

气乐堂和患者交谈这么多是很少见的。

气乐堂离开床边时，护士给有贺律师的腰部贴上了膏药。

那是护士的工作，但不知怎么回事，气乐堂很想自己给她贴。

自己产生这种想法还真是少见，难道这也是那里起不来的缘故？

真是的，这跟那件事有什么关系。

“别胡思乱想。”气乐堂告诫自己，又翻开了有贺律师的病历。

贴了膏药后，有贺律师慢慢站了起来。

她有一米六五左右，不胖不瘦，身材很不错。病历上虽然写着四十六岁，但她的皮肤白皙，显得很年轻。

有贺律师穿上衣服后，重新在气乐堂面前坐下。

“晚上睡觉不要睡太软的床。”气乐堂强调了日常生活中必须加以注意的地方。

“平躺在柔软的床上睡觉的话，腰部反而会更痛，还是侧着睡比较保险。”

她看着气乐堂，慢慢地点了点头。

她有着长长的睫毛，明亮的眼睛。

律师这个职业会让她接触各种各样社会上的复杂案件，然而，她根本没有那种令人望而生畏的严肃感。

“睡觉时，双腿弯成九十度左右，稍稍侧身躺着，会比较舒服。”

对于喜欢的患者，气乐堂会不由自主地多嘱咐一些，说话也更温柔一些，这是他的习惯。

“对了，就像胎儿的姿势一样。婴儿在母亲肚子里的时候不是蜷缩着腿吗，这种姿势对腰部有好处。”

有贺律师点了点头，从椅子上站起来，做出稍稍侧着身、蜷缩着腿的姿势。

看着她的姿势，气乐堂浮想联翩起来。

这个女人已经结婚了吧？

这样优秀的女人，到这个年龄还不结婚，不太可能吧？

那么，她的丈夫是个什么样的男人呢？大概也是律师吧？想到这儿，气乐堂随口说道：“对你先生也要说一下……”

她突然笑了：“那个，我是一个人生活……”

“啊……”气乐堂不由自主地露出了微笑，“真的？那么……”

“那么……”后面想说什么，他自己也不知道，只觉得放了心，点了点头。

还是第一次这样询问女患者有没有结婚。

与其说是询问，不如说是因为比较在意，所以不露声色地刺探了一下更准确。

不过，一般来说，医生对异性患者抱有好感是不多见的。

女医生对男性患者几乎不会感兴趣，而男医生对女性患者也一样，越是了解对方的病情，就越是难以产生那种情感。

也就儿科，偶尔会发生大夫对孩子的妈妈抱有好感，渐渐喜欢上的情况。

那么整形外科又是怎样一种情况呢？说实话，到目前为止，气乐堂还没有对哪个病人产生过感情。

不过，这回是个例外，因为对方是一位出色的女人，而且是扭了腰这样的小病，气乐堂才会被吸引，这样的解释似乎比较合适。

但是，有贺律师本人对气乐堂的心情似乎毫无察觉。

“下次哪天来合适？”

“这个嘛，感觉不是特别难受的话，三天后来吧。”其实间隔再长一些也可以，但气乐堂想尽快见到她，就怀着这样的心情说道。

“知道了，请多关照！”她说完就站了起来。

气乐堂觉得就这么分别有些可惜，想再跟她说会儿话，但是后面还有患者等着，只好就此分别。

他这么想着站了起来，目送她离开。有贺律师鞠了一躬，便消失在门诊的白色门帘外。

护士当即叫了下一位患者进来，气乐堂的脑子里还在想着有贺律师。

“真想和那样的女人交个朋友。”气乐堂心里这么嘀咕着，脑子里却闪过“不举”两个字。

“即便和人家亲近，你也做不了什么。”听到这个声音，气乐堂闭上眼睛，深深靠在椅子上。

上午的门诊结束后，气乐堂回房间吃饭，然后一边喝咖啡，一边想心事。

倘若能够和那样优雅的有贺律师做爱的话，说不定能够一举成功呢。

他闭上眼睛，思考了片刻后，发出了一声“不行”。

如果和她单独在一起的话，非但那家伙不能勃起，很可能更蔫儿了，岂不更糟——因为越是急于表现自己，失败得就越惨。

“难哪。”

就连跟那个年轻的枫千裕，不是也败下阵来了吗？

这样无能的男人，和那么优秀的女人做爱，怎么可能使人家满足呢？弄不好越是拼命，越是一败涂地。

由此可见，那个地方既是男人的强大之处，也是男人最致命的弱点。

现在自己正处于被这个弱点所困，最没有自信的时候，所以不应该考虑勉强让自己振作起来什么的。

相反，应该习惯这个弱点，让自己的心态与之协调起来。

气乐堂再次告诫自己，慢慢闭上眼睛。

这样过了几分钟，也许只不过是一分钟，他猛地摇了摇头，浑身打了个激灵，然后对自己说：“我是男人……”他再次告诉自己，“无论身体状况怎么改变，我也是男人。”

这时，电话铃突然响了，护士报告：“门诊有患者在等您。”

那天晚上回到家，“性无能”这个词在气乐堂的脑海里挥之不去。

如果现在和某某人上床的话，能够正常进行性交吗？

肯定是不行了。

“你已经是个性无能的人了。”他心里有另一个声音在嘟哝，气乐堂不想听。

“住嘴！”他不禁呵斥自己，很不乐意地使劲摇着头。

“忘掉它！”思考这件事，只会令自己更可悲。还是应该积极地向前看。

今后，要结交新的女人，开始新的恋爱。

即便没有性能力，也可以让女性愉悦。

要让她们得到比以前更温柔而充实的感觉。

有没有那样的方式呢?

气乐堂喝完凉了的咖啡后，又思考起男女性爱的问题来。

和喜欢的女人单独在一起的时候，男人首先想到的是和这个女人发生性关系。仿佛只有这样，双方才算是合为一体了。

可是，不发生性关系就不算合为一体吗？就不能说是相爱的吗?

不到那样的程度，女性就没有被爱的感觉，没有愉悦感吗?

“没有这回事……”气乐堂微微摇摇头。

不能绝对地断定，如果不发生性关系，女性就感觉不到快感。

事实上，有时候气乐堂只是搂抱着殿村夫人，她就紧紧贴过来，嗫嚅着“我真幸福”。枫千裕也是这样。

这说明，男人不进入女性身体，女性不一定会觉得不满足。

“正相反……”气乐堂用力地点了点头。

有时候，性交还会使女性不快。

不知是幸还是不幸，尽管气乐堂还没有过那样的体验，但男女之间因为性交而发生矛盾和麻烦的情况比比皆是。

更有甚者，由于性行为本身令女性觉得疼痛，或男人动作粗暴等原因，亦有女性要求半途终止性行为的情况。

可见，并不是只有进入女性身体才可以让她们满足。

性交对男性来说是获得满足的第一步，对女性而言，则未必是通向快感的必然步骤。

非但不是，有时候性交还会导致女性厌恶男人或令女性产生对性的不信任感。

“性的结合不是一切。”气乐堂得出了这个结论，慢慢点了点头。

性的结合只不过是男女之间性爱的第一步，是出发点。

但由此出发后，男女的肉体与情感会发生许多变化。

女性对肉体结合的感受有两种极端的情况，即感到疯狂的快感和厌恶得无法忍受。

在这两极之间则潜藏着无数的变化和差异。

“对了，有这么一篇文章。”气乐堂想起了曾经看过的《性的告白》报道。

那篇文章里非常坦率地记述了丈夫和妻子各自对于性的满足之处和不满意之处。

接受杂志采访的那些夫妻，都是体验过真正的夫妻关系的。就是说，那是和阳痿无缘的世界。

然而，文章揭示在夫妻生活里感受不到快感，即所谓欲求不满的妻子占了很大的比例。

“这是为什么呢？”

探究她们不满的原因可知，性生活并非只要男性勃起、插入那么简单的事情。

然而男性想的只是让自己勃起、插入的事，认为只要做到这些，就可以满足女性百分之八十到百分之百的性爱要求了。

这会不会是男人的错觉呢？这里面是不是潜藏着男性的自我中心思想呢？

气乐堂自言自语地点了点头。

总之，男人只关注 penis，只考虑插入的效果，但忽略了更为丰富和复杂的女性的感受。

换句话说，女性的身体构造比男人想象的更敏感、更柔软、更浪漫。

这也是气乐堂跟数名女性交往后真切感受到的。

仅以接吻为例，与不管不顾地上来就吻相比，温柔地贴近女方的脸，慢慢地接触嘴唇，女方会更顺从地迎合男方。

而身体结合的时候，也要不急不躁，从胸部到后背，不厌其烦地来回爱抚，直到女方兴奋起来之后再结合，女方就会很好地配合。

气乐堂到了这个岁数才明白，年轻的时候常常由于太急于求成，或动作太猛而导致失败。

有时候因为太强求了，惹得女方生气，结果什么也做不成。

即便男方此时急得像热锅上的蚂蚁，女方却不一定那么迫切。

这可能是因为女方还没有兴奋起来，她的身体还没有做好接受男方进入的准备。

男人应该经常把男女的这些差异放在脑子里，以女性的状态为中心，进行性交。

但是，男人在年轻的时候，往往很难真正做到这点。

那个时候，男人只要和女性的身体一接触，就立刻控制不住了。

他们根本不知道女性需要相当长的时间，才能达到可以接受男性的程度。

由于这个差异，女性不但没兴奋起来，甚至还会产生此人“很粗野，是个以自我为中心的人”的印象，因此而分手的情况也不在少数。

起初男女互相之间抱有好感，都希望进一步交往，然而，最终落得这样的结局，不是很遗憾，也很可惜吗?

现在想想看，男人和女人约会时应该反省的地方似乎还有很多。

最近，之所以与殿村夫人和枫千裕的关系发展得很顺利，是因为气乐堂不再那么紧追不舍，心态很是放松。

和她们二人即便隔很久才见面，气乐堂也能够不慌不忙地、从容地去爱她们。

比如，即便晚上上了床，他也是先接吻，拥抱，感受对方的体温，有了感觉之后，再爱抚对方的后背。

在这个过程中，他一直都是不慌不忙的。

自己的家伙早晚会进入女方的体内，这只是时间的问题。

自己主动的话，当然很有胜算，但有时候女方也会主动，双方会互相默契地配合。

这样的话，自己不仅很舒服，对方也能够接受和满足。

其实，男人和女人经过一次又一次的约会后，自然而然就会变得从容不迫，达到这样的状态。

不过，这里需要注意的是，时间一久双方也会产生倦怠感。

反正早晚会发生性关系，所以不必着急，不用担心，这样一想，安心感就会渐渐增强，从而丧失了紧迫感。

这种情况越来越严重的话，就容易把性行为看作家常便饭一般平常了。

到了这种程度，就会把性行为当作多余的无聊的事情了。

在非常熟悉的男女之间产生的倦怠感，毫无疑问，正是来自这种安逸的状态。

坦白地讲，气乐堂一次也没有过“和殿村夫人或枫千裕之间的性行为是多余的无聊的事”这种想法。

和她们之间的性行为，总是伴随着特有的紧张感，是令彼此非常享受、非常愉快的事。

这到底是为什么呢？说实在的，气乐堂从来没有深入思考过这个问题。现在想来，说不定是因为和她们两个人都不是正常的男女关系吧。

不言而喻，殿村夫人是别的男人的妻子。气乐堂是在和别人的妻子偷情，是所谓的婚外情。

至于枫千裕，由于没有和她结婚，两人之间的关系也不被社会认可。

换言之，和她们两人都属于不正当的关系。

所以彼此才不会厌倦，才能够维持到现在吗？

对，这也许算是一个很充分的理由。肯定是由于这种恰到好处的紧张感，激起了他们的好奇心。

即使上了年纪，气乐堂也一直能够让两个女性获得满足。

毫无疑问，他的这种自尊心或者说自负心已经成了一种自信。

“可是……”气乐堂的头脑里出现了“性无能”这个词。

他还听到了“你的那个地方已经不干活了”的声音。

气乐堂听了一会儿，忍不住喊道：“给我住嘴！”

无论谁说什么，自己绝不会放弃她们两人。

而且，有可能的话，自己还要去追求那位有贺律师呢。

到现在为止，自己还从来没有和那样知性的女人接触过。她给人的感觉温柔娴静，酷似已经去世的妻子。

要不试着和她亲近亲近？

仅仅是亲近的话，胯下的那个家伙即便不启动也没关系。

在深夜的房间里，气乐堂自言自语。

第五章　性爱调查

气乐堂是在星期六的早晨偶然看到报纸上的那篇广告的。

这是某个女性杂志的广告，杂志题目是“无法对人诉说的我们的性爱白皮书”，副标题是“三十岁至六十岁的八百名女性紧急调查”。

不知里面是什么内容，光看广告气乐堂就已经产生了兴趣。

“买来看看。”

他嘀咕着，上午的诊疗结束之后，他让家政服务员去车站前的书店买来了那本杂志。

好在周六下午休诊。

他马上回到家里，一边喝着家政服务员沏好的咖啡，一边看起杂志来。

杂志开头先写了发行这期特刊的理由：随着时代发展与经济状况的改变，爱情与性爱发生了怎样的变化？

接下来是在网上进行的关于性生活频率的调查结果。

这个调查指出，夫妻间的性生活频率，“几乎每天”的，在六十对夫妇里只有一对；“每周一次到两次”的，在三十岁至四十岁的年龄段中最多，占百分之十七；而“每月一两次到半年一次以下”的占了半数。

按年龄划分的话，女性从四十岁至五十岁，性生活频率逐渐降低，到了六十岁，百分之八十以上的女性回答性生活的频率在“半年一次以下”。

按照有无职业划分，有工作的女性每月与丈夫过一次性生活的情况占百分之三十四点二，而专职主妇则是百分之二十五点一，低了近十个百分点。

而且，按照日本性科学学会的定义，一个月以上没有性行为的情况就属于“sexless”（性冷淡）。

Sexless 的状态在正式的夫妻之间更加明显，“最近一次和丈夫过性生活是两个月以前”的妻子，在三十至三十九岁的女性中约有百分之五十二，四十至四十九岁的女性中约有百分之六十六，五十岁以上的女性则达到了百分之八十一点三。

由此可以认定，日本的夫妻，尤其是中年以上的夫妻，几乎都处在 sexless 的状态，这个结论应该是没有错的。

了解到日本的中老年夫妻几乎都是 sexless，气乐堂又吃了一惊。

日本的夫妻难道对性爱如此不关心吗？

气乐堂回想起自己和妻子的性生活来。

三十来岁的时候，他们之间的性生活非常频繁，一方面是因为想要孩子，另一方面也是因为他很爱妻子。

但是有了孩子，进入四十岁以后，性生活减少了很多，但也保持在每周两三次的频率。

即便过了五十岁，他们也时常通过肌肤相亲的方式来放松身心。

与自己的情况相比，《性爱白皮书》里揭示的性生活频率太低了。

气乐堂接着往下看《性爱白皮书》。

首先，对于性行为的满足感的问卷显示，“每次都达到性高潮”的女性，无论哪个年龄段都不超过百分之十。

此外，“几乎没有达到过性高潮”“完全达不到”“不知道”的女性占了调查总人数的半数以上。

当然，这些都是对正式夫妻的调查结果，因此是以 penis 是否插入了女性身体为标准的。

看到这儿，气乐堂使劲地点了一下头。

这样看来，勃起与否不是没有多大关系吗？

更令他吃惊的是，半数以上的女性回答，在性行为时“有时候会假装达到了性高潮”。

那么，似乎可以这么说：勃起不但没有给性行为加分，反而减分了。

问题是，要治愈这些感觉不到性快乐的女性，该怎么做才好呢？

从女性角度看，“希望男人对自己做的动作”的问题下面，回答较多的是“亲吻我”“温柔地拥抱我”“轻轻地揉我的乳房”等，以及性交之后仍然“对我温柔地说话”“亲吻我”“轻轻地抚摸我的头发”“仍然搂抱着我”等。

看到这儿，气乐堂再一次使劲地点了一下头。

性交往往被人们看作是两性性器官的结合，但这种看法太简单了。

男女之间的性交远比这个更丰富多彩、更广阔，但是男人都没有深入思考过这点。而且，这一点与女性对性爱的不满和失望直接相连。

这篇文章还举了一些能够从性交中获得快乐的例子，也举了女性感觉不到乐趣进而厌恶性交的例子。

其中特别吸引气乐堂的是“即便成了 ED，也可以抚慰女人”的标题。

所谓 ED，当然是“Erectile Dysfunction”（男性勃起功能障碍），

也就是阳痿，但这种情况下，若仍然可以让女性满足的话，岂不是很令人高兴吗？

他赶紧看起来，关于“首先，女性想要发生性行为的时候”，文章里举出了几种情况。

诸如“喜欢的人抚摸自己的时候”“心情放松的时候”“喝了酒的时候”等。

“原来如此……”气乐堂用力点点头。

确实曾经有女性主动靠近自己，用渴望的眼神盯着自己看过。

“原来是这个意思啊。”遇到这种情况，气乐堂有时候会和对方发生关系，也有时候没有回应，什么也不做。

不管怎么说，男性总是沉湎于性交，但女性则渴望性结合之外的各种行为，并对这些行为很是敏感。

气乐堂仿佛觉得以前自己对女性的所作所为受到了好评似的，兀自飘飘然起来。

“看来她们喜欢自己那样做。”

如此说来，以气乐堂这样的年纪还能够受到女性的喜爱，可能与他跟她们发生性行为的方式有关。

虽然不是有意这样做的，但气乐堂从来没有急于求成过。

尽管不能说自己一直都考虑对方的感受，但他总是等女性充分燃烧后才做进一步的举动。在这方面，与其说是不着急，倒不如说是因为年纪越来越大的关系。迄今为止，气乐堂跟各种各样的女人交往过，但女人主动离开他的情况还不曾有过。

除了女性自身的原因不能继续见面，或一方搬家后离得太远等不得已的情况外，好像还没有因为其他情况分手过。

这是因为他在性关系上一向处理得比较得体，虽然这么说不无卖弄之嫌。

但是，这几年，随着年龄增长，他的性能力日渐衰退，没有自信的时候越来越多了。

“到底是岁数大了……”

已过古稀之年，这也是无可奈何的事。

不过，考虑到自己现在的年龄，只要能够和女性交往，和她们亲密接触，已经值得庆幸了。

他想尽可能维持这种状态。

为此他思考出来的解决办法是：找到一种不需要 penis 达到最佳状态，也可以与女性做爱的方法。

具体来说，就是把功夫下在前戏上，而不是性交上。

也就是跟女性温柔地拥抱、接吻，尽可能地多爱抚女性。

以这样的状态推进的话，接下来 penis 进入女性身体的时间即便很短，她们也会感到满足的。

这种方法，也可以叫作“气乐堂方式”。

他就是以这种方式来与女性交合，并使对方获得愉悦和满足，得到对方认可。

可仔细想想，这还不是因为自己上了年纪，雄风不再，才不得不琢磨出来的办法吗?

正是由于那个东西越来越不给力了，这几年才用这个方法好歹坚持过来的。

倘若是这样，即便从今往后 penis 完全起不来了，也是可能使女性满足的。

“不行，这回可不行了。现在的状态和一般的衰退不一样。这回是彻底完蛋了。”

过去对女性做一系列的爱抚之后，自己最终还能勉强进入女性身体，共同获得快感。

但是，从今往后，自己已经做不了最后这一步了。

这样算是发生了性行为吗？女性能够接受吗？

“不能，你想出来的‘气乐堂方式’，并不是性行为。”

犹如要再次给心情沮丧的气乐堂沉重一击似的，那个声音继续道：“不进入女性身体的话，就不算发生了性行为。”

气乐堂听了，轻轻地闭上眼睛。

也许就是这样，几乎所有男人从这个年纪开始，就渐渐放弃和女性的交合了。

无论男人的欲望怎样强烈，怎样不甘心，只要一看到那萎缩的家伙，便不得不打退堂鼓了。

“看来该死心了。”

自己曾和多名女性交往过，她们都品尝到了相当的快感，没有一个人表示过不满。

按理说，能够坚持到现在这个岁数，自己也该知足了。

以后就不要再去追求女性，纠缠女性了。

“还是这样更轻松自在呀。”

不知怎么搞的，今天的气乐堂就像变了个人似的，十分懦弱。

不过，与男人的阳痿相似的情况，女性难道就没有经历过吗？

这让他想起了女性的更年期问题。

气乐堂再次翻开了医学大辞典，里面首先是这样定义更年期的：

“更年期指女性绝经前后的几年，即从成熟期（生殖期）向老年期（无生殖能力期）过渡的变动期。

“更年期因人而异，依据在这个时期出现的身体不适的频率的差异，大约是从四十岁至五十六岁，尤其是四十二岁至五十五岁这段时间。

“到了更年期，作为女性的性机能中心的卵巢开始衰退，内分泌环境逐渐地或者剧烈地发生变动，女性身体逐渐从月经不调发展到绝经。

“此外，女性的性器官开始萎缩、退化，全身也会出现老化的现象，还会因应对和适应这样的内部环境而产生内分泌失调、身体不适或精神问题等症状。

“再加上受到来自外部的社会、文化因素以及个体的心理因素等影响，这个时期的女性会感受到各种不适。这些症状如果很严重，甚至需要就医的话，就叫‘更年期综合征’。”

“气乐堂看着这些说明，感到更年期综合征对女性来说的确是个难关。

大多数男性都知道这些变化是从五十岁左右开始出现在女性身上的，但几乎没有人认为这是一件多么重大的事。

他们只不过偶尔会想，当中老年女性开始变得焦躁不安、歇斯底里的时候，差不多就到了更年期了。

根据气乐堂现有的知识，随着年龄的增长，女性的身体也会出现相应的剧烈变化，这一点是毋庸置疑的。

接下来，关于更年期综合征的症状，书里是这样说明的：

“这些症状的发生，可以认为是卵巢机能衰退导致的，以下丘脑（内分泌及自律神经中枢）为中心，与下垂体以及末梢脏器、自律神经调节机能、大脑边缘系统的影响之间的平衡被破坏而引起的。

“更年期不仅仅是身体的不适，也是心理的不安定时期，因此，心因性的影响也不容忽视。

“更年期综合征因症状的种类、程度、持续时间的不同而有很大差异，急性症状有面色通红、出汗、失眠、焦虑等，慢性症状有性交疼痛、泌尿系统障碍、腰痛、肩酸等。

“药物治疗有服用性激素、自律神经调节药、安神药等方式，有时需要配合心理疗法。”

看到这里，气乐堂再一次认识到更年期综合征是多么复杂多样了。

说实话，气乐堂作为医生，从来没有很好地了解、思考过这种病。

当然，他不是妇产科医生，不关注这种病也情有可原，但看到更年期综合征有这么多复杂的因素和影响，他只觉得如堕云里雾中。

与之相比，男性的勃起障碍何其简单啊。

自己的 penis 不能勃起了之类的事，不用问其他男性，也能知道个八九不离十。而且，也不会因此受到某种症状的困扰，也没有更年期综合征期间的女性所烦恼的身体不适等问题。

男人的问题只不过是不能勃起这个现实罢了。

因此，只要不太在意这件事，就没有任何问题。

所以男人才既不去医院，也不向别人诉说什么，自己知道就行了。

然而，说实在的，没有比这更倒霉的事了。真是太倒霉了。

如果周围没有人的话，气乐堂真想大声叫嚷：“喂，不得了啦。我成阳痿了！快救救我吧！”

怪不得在女性眼里，男性是一种不可思议的生物呢。

就因为 penis 起不来这点事，他们至于这么哀叹、这么沮丧吗?

男人的心境，女人毕竟是无法了解的。非但不了解，女人还会觉得奇怪，为什么男人会这么烦恼呢?

可是，男人对于 penis 起不起得来仍然是很在乎的。

其理由气乐堂也没有自信能够说得清楚，一定要说的话，大概就是因为 penis 是男性尊严的象征吧。

不言而喻，男人对容貌、学历、社会地位等各个方面都有着很强的自尊心，男人都非常在乎这些。

其中，penis 是男性生理性的、根源性的自尊心的原点。

可以说，男人一直是通过它的勃起，感知自己作为男性的存在，以身为男性而自豪，接受自己的男性角色的。

然而这个原点一夜之间竟然不能挺立了。

这一情况与女性更年期综合征的身体不适迥然不同。

女性的情况是随着各种症状渐渐出现而日渐烦恼，但男性的情况则是所有的衰退同时出现，自尊心瞬间丧失殆尽。

“既然是这样……”气乐堂陷入了沉思，“人们应该从根本上改变对 penis 的认识。那个东西只不过是表现男儿本色的因素之一。年轻时另当别论，年纪大了，它就不重要了。以后也不打算生孩子，它不就是个累赘、多余的东西吗？”

气乐堂一口气说了一堆话，自己还点了点头。

“还是没有那东西更省心、更洒脱。”气乐堂又安慰自己道。

到了这个地步，有没有能够让女性满足的方法呢？

气乐堂坐直了身子：“等一等……”

尽管这种方法一时半会儿找不到，可如果自己现在就打退堂鼓的话，那不就跟其他同龄的男性一样了吗？

自己是跟人体打了多年交道的医生。

现在开始从医生的角度对女性的身体进行一番探究的话，或许会发现新大陆也未可知啊。

当然，随着年纪的增长，同辈的医生们也都出现了性能力衰退的状况，可是还没听说哪个医生真正钻研过这个难题呢。

在无数的医生之中，也许有人打算研究这个问题，但这方面的资料却完全是空白。

这也说明还没有一个人研究出成果来吧？

“不行……”气乐堂重新鞭策起自己来，“你不能现在就灰心丧气。”

他一振作起来，就忽然来了灵感。

“第一步，应该了解女性的身体构造。”

当年上解剖课的时候，曾经学习过男性和女性全身的骨骼、肌肉以及连接它们的动脉、静脉等所有知识。

气乐堂并不讨厌解剖课，所以至今课上学的大部分知识还留在脑子里。

不过，现在他需要知道的是女性的身体构造。

从现在开始，要彻底研究一下女性的性器官。

不用说也知道，女性的性器官和男性的是完全不同的。

气乐堂一直自认为并不缺乏这方面的知识，其实他知道的还远远不够。

必须更深入地弄清楚每一个器官是怎么回事。

这样刨根究底，才有可能发现女性性器官的新特点，才能够有效地运用于性行为中。

气乐堂的学习欲望越来越强烈了。

第六章　秘境探幽

上午的诊疗刚刚结束，气乐堂回到自己的房间，一吃完午饭，就立刻去书房，拿出解剖学的书。

他翻开女性的性器官部分，研究起会阴、外生殖器和肛门之间的关联。

一看性器官图，任何人都会立刻意识到，女性性器官与男性性器官的位置差异。

不言自明，男性的性器官图在其正中大大地画着 penis。但女性的性器官图中却是大小阴唇占据着正中央的位置，在其正中偏下的地方画了个阴蒂。

准确地说，这张图，气乐堂上初中、高中的时候，就在那些淫秽杂志上见过许多次了。

那时候好奇心强，只是看到这类图，他就会兴奋起来，但现在他只是淡淡地，甚至是冷漠地看着解剖学课本里的这张图。

图的旁边还附着几条说明：

“女性的性器官不像男性性器官那样同时连着尿道。

“阴蒂的一部分，由会阴部的外面延伸至里面。”

这些知识不用看说明，气乐堂也知道得一清二楚。

最需要弄清楚的是，女性的性器官中最能够引发快感的阴蒂。

气乐堂想要更详细地了解它的构造。

于是，他找来了书库最里面更大更厚的解剖图鉴。

图鉴厚重得气乐堂必须两手抱着才拿得起来。把图鉴放在书桌上后，他依然翻开女性的性器官那一页。

若是不知内情的人看到这一幕，肯定会猜想：大白天的这个男人在干什么呢？不过，他这么做可完完全全是为了学习知识。

一打开他最关心的那页——女性的会阴部，依然是大小阴唇占据了画面的大部分，只是在其分裂处标注了“阴蒂”两个字。

“光是看这张图，还是不明白。”气乐堂缓缓地摇了摇头。

这张图的确画的是放大了的女性的会阴部，但只靠这张图仍旧难以把握阴蒂的全貌。

“没有用啊……”气乐堂嘀咕着，怎么才能看到阴蒂的内剖面呢？

现在遇到的问题是，从女性性器官外面看到的阴蒂，仅仅是它的一部分，其大部分是隐藏在阴道里面的。

这样的话，一般人根本不知道阴蒂的存在，把握其全貌更是不可能的。

相比之下，男性的性器官在男性的胯下明明白白地存在着，能够看到其整体，并把握其全貌。

男性的性器官可谓是明明白白地摆在那里，无处可逃。

然而，与此相反，女性性器官的全貌被遮蔽在暗处，神秘莫测。这么说也不为过。

正因为如此隐秘，所以，男人不了解女性的快感中心也就不奇怪了。

说他们只是糊里糊涂地、一个劲儿地将 penis 塞进去，也不冤枉。

可是，这并不是因为女性性器官隐秘，就可以不去探索的问题。

气乐堂看着解剖图鉴，独自点了点头。

不言而喻，阴蒂在女性的性器官中是最发达最敏感的，其重要程度相当于男性的 penis。

然而两者却有着天壤之别。与男性的 penis 相反，女性的阴蒂非常小，不仔细看的话，甚至都看不到它。

尽管两者都会由于兴奋而膨胀，但女性的兴奋程度与男性比起来，简直是小巫见大巫。

这方面的情况解剖学课本里没有记载，气乐堂只能从生理学的相关书籍里来推测。

而且，即便阴蒂膨胀起来，也是向内伸展，很难从外观上判断。

看到这里，气乐堂意识到，跟男性的性器官比起来，女性的性器官一直被遮蔽着，简直像个迷宫一样。

实际上，男孩子从小就经常用手掏出“小鸡鸡”尿尿，有时候还会向小伙伴们显摆显摆。

到了青春期，男性也经常用手刺激自己的 penis，使其射精，因此，男性认为 penis 是非常开放的。

相反，女性的阴蒂则不可能这样向别人展示或炫耀，非但如此，就连女性自己也几乎没有看到过它是什么样子的。

可以说在这样的背景下，再加上家长的规诫和教育，女孩子就有了这样一种认知：必须尽量掩藏私处，不触摸私处。

因此，现实就是，对阴蒂等器官的变化，女性几乎一无所知，或者说没有感知。

但是，女性的性器官会随着性兴奋等而发生相当大的变化，这点是不可否认的。

由于性兴奋，阴蒂本身会向内膨胀，变得越来越大，这是有着丰富性体验的女性能感受到的。

不知是幸还是不幸，这个事实，如同男性的 penis 会变大一样，虽不能直接加以确认，却是一个极其重要的变化，这一点是确凿无疑的。

总之，没有比女性的阴蒂更神秘莫测的器官了。

实话实说，作为医生的气乐堂也没有完全了解它。

能够感受到那个弹丸之地里隐藏着强烈快感的女性不在少数。

女性自慰的时候，好像就是用手指反复摩擦那一带。

不过，它在女性性器官里只露出了冰山一角，大部分都隐藏在身体里面。

因此，为了获得更大的快感，男人似乎就有必要让手指深入女性体内触及女性性器官的内部了。

事实上，正是由于阴道里有快感中心，所以在与男人交合的时候，女性才会获得快感。

可是，在各种性行为中，最关键的部位——penis 是否能够准确抵达那快感的中心，就要另当别论了。

想要到达那个地方，不具备相应的耐心与自信的话，是不可能的。

气乐堂正自说自话的时候，门诊来了电话，护士报告有患者来了。

他回到诊所一看，原来是有贺律师。她一见气乐堂进来，马上低头施礼。

“哟，是你啊……”气乐堂不觉兴奋起来，“最近感觉怎么样？”

“谢谢您，感觉不那么疼了。”

上次来就诊的时候，气乐堂告诉她三天后再来一趟，她果然准时来了，气乐堂很高兴。

“那么，请躺下吧。”

有贺律师顺从地脱去外衣，只穿着里面的吊带裙，躺到床上。

气乐堂想起刚刚在解剖图鉴上看到的女性性器官的样子。

在她的吊带裙下也隐藏着和那张图里完全一样的部位吧。

这个念头在气乐堂脑子里一闪而过，他慌忙晃了晃脑袋：怎么回事？胡思乱想什么呢？

医生是不应该对患者抱有邪念的。

实际上气乐堂也的确从来没有陷入到这种欲望中过，但是他对这位女律师的情感却有所不同，他特别想轻轻地拥抱她一下，包括她那疼痛的腰部。

也许是看气乐堂一直在发呆，护士唤了一声“先生”。

“嗯，知道了。”气乐堂慌忙回答，然后掀起有贺律师的吊带裙的一角，轻轻摁了摁她腰部疼痛的部位。

“是这儿吧？”

“对，是那儿。”律师痛苦地回答。

看着她雪白的皮肤，气乐堂再次萌生了拥抱她的欲望。护士早已准备好了注射器，正等着递给他。

“可能会有点疼。”

“没关系的。”

于是气乐堂给她注射了一针止疼剂，有贺律师没有喊疼。

“还好吧？”

“先生给我打这么一针，感觉好多了……”

“那可太好了。”

“我每天都可以来打针的。”

她这么说，气乐堂当然求之不得，他很希望每天都能这样触摸到她的肌肤，给她注射。但是，每天注射的话，就超量了。

“还是三天以后再来吧，我等着你。”

最后气乐堂盯着躺在床上的女律师的脸，这样告诉她。

送走有贺律师后，气乐堂又回到房间里，翻开解剖图鉴。

虽说刚才有那么一瞬间被奇妙的情感所缚，但有必要重新思考一下对女性的认识。

首先是性行为中的女性的快感问题，女性的快感到底有多强烈？

气乐堂干咳了一声，继续思考。

据说女性常常在剧烈的性行为之后达到高潮。

女性的高潮和男性的快感相比有多大的区别呢？

男性在那个瞬间会浑身颤抖，与此同时，还伴有一种全部精力都被抽空了一般的虚脱感。

这种感觉，当然只有体验过的人才知道。一言以蔽之，除了令人疯狂的快感之外，没有更好的形容了。

但是，女性的快感与男性相比，似乎有过之而无不及。

当然，这只能通过与女性交合的经验来感知，她们的快感好像要比男性深邃绵长得多。

男性的快感不过是一瞬间的事，相比之下，女性到达顶峰后依旧绵绵不绝、余音袅袅。

其实，也正是这个缘故，高潮之后，男人会比较早地下床，洗澡，继而做下一件事，而女性仍然趴在床上，半天不想起来。

只要观察一下性行为之后男女的不同表现，自然就知道哪一方的快感更强了。

当然了，这是在双方都达到高潮的前提下。

几乎所有的男性在射精时都会达到高潮，而女性则往往达不到那样的程度。

也就是说，女性刚有一点儿快感的时候，男人已经结束了，于是，还没有得到满足的女性也只好跟着结束。

再说得极端一些，有不少女性连快感为何物都不知道，一切就已经结束了。

如上所述，女性能否获得愉悦在很大程度上要受到男方状态的影响，这是无可辩驳的。

而且，女性的感受力仿佛有着无限广阔的空间，从兴奋得纵然即刻死去也在所不惜的，到厌恶得再也不愿意想起的，种种感受有着天壤之别，从一个极端到另一个极端，其间的跨度非常之大。

说起来，女性的阴蒂实在是不可思议的器官。

其外观还没有大拇指大，只不过是附着在会阴部下端的一个小鼓包而已。

可就是这个小鼓包，居然具有将一个成年女人推上快感的巅峰，使她们不顾世间廉耻，陷入疯狂状态的魔力。

对此，且不说男性，就连女性自己似乎也没有意识到。

有人说，男子在出生后第七天和第十四天确认是否需要进行割礼，然后在第二十一天，作为与神盟誓的标志，举行切除 penis 包皮的仪式。

而女性的割礼主要是切除阴蒂的一部分，在非洲的原住民和马来人、阿拉伯人等中可以见到这种风俗习惯。

近年来，废除女性割礼的运动发展得越来越广泛。

可是，为什么会出现切除女性一部分阴蒂的风俗呢？

这篇文章里没有明确的解释，但气乐堂曾经听一位外国人对他说，女性阴蒂的快感异常强烈，不切除它的话，女性就会被控制了它的人所支配，不能保持独立。

据说女性因惧怕这一点而被迫接受了割礼，果真如此吗？

那么女性的割礼是怎样进行的呢？

气乐堂看着解剖图鉴，又陷入了沉思。

男性的割礼简单而明快，切开 penis 前端覆盖的包皮即可。

但是女性的割礼，没有包皮可切，那么只能是切除阴蒂本身。

可以想见那会非常疼，那么要切去多少呢？

因为阴蒂本身的体积并非固定的，它会因兴奋的程度而变化。

这样难以把握的东西，是怎样找出来的呢？

气乐堂推测，应该是切除稍稍凸出于表面的部分阴蒂，但在还没有局部麻醉的时代，这样做肯定是相当疼的。

因此才要在她们还是女孩子的时候，早早割除吧。

即便如此，阴蒂也很可能没有被彻底切除，因为它覆盖在会阴部，所以该从哪里切到哪里，根本无法判断。

名为切除阴蒂的割礼，实际上只是将阴蒂的中心部位割伤，使人疼痛万分，让女性再也感受不到应有的性快感。

“可是……”气乐堂思考着。

与男性的割礼相比，女性的割礼简直是惨不忍睹。

男性通过割礼，penis 会发育得更顺利，更易于勃起，但是女性的割礼，则是要割伤宝贵的性感带。

女性受到这样的伤害，连性快感都无法感受到。

不过，现在已经没有人强迫女性接受这类荒谬绝伦的仪式了。

那个煽动疯狂快感的东西就隐藏在女性的身体里。

“如果你想要给予女性无比强烈的快感，那就考虑一下刺激那里好了。”

气乐堂心里渐渐形成了一个让女性愉悦的爱的方法。

阴蒂所在的会阴部位于阴道入口处，penis 进入那里时，按理说阴蒂会受到刺激，女性会产生快感。

可是如果 penis 不起作用了呢？

用其他东西来刺激那里的话，肯定也会让女性产生快感。

实际上，一部分女性就是通过自慰，即用手指来刺激那里，满足自己的欲望。

那么，男性不是也同样可以通过爱抚那里来满足女性吗？

不是通过 penis，而是通过手指。

气乐堂的想象力骤然膨胀起来。

爱抚那个最敏感的部位，的确是非常重要的，但除了那里，肯定还有其他能够让女性产生快感的部位。

那些部位是哪里？效果又如何呢？

此时，气乐堂的脑海里浮现出了千姿百态的男女交欢图，即俗称的《四十八手房中秘术图》，参考一下那个怎么样？

据说从江户时代开始，父母会让出嫁的女儿把这种图带在身上去婆家，不知是否真有其事。

有一种说法认为：父母这么做，是为了当女儿的丈夫心血来潮，想要尝试一下其他体位时，女儿能够尽妻子之道，顺从地接纳男人。果真是这样吗？

真假与否姑且不论，气乐堂认为，男女交合的体位其实并不那么重要。

当然，这对男性来说可能会很有趣，能煽起他们的好色心，但对女性而言，这不但不会带来快感，有时候还可能引起她们的厌恶。

气乐堂从书库最里面找出了《四十八手房中秘术图》。

这图已经很旧了，有的地方颜色都变了，但男女的形态还是很清晰的。

图里全都是男女交合的露骨画面，几乎所有的画面都让人怀疑这种交合体位是否可行，还有那种让人感到不安的，很明显就完全是为了玩乐而画的。

问题是，男人要求这样怪异的体位，女性会顺从吗？

以前的女人暂且不论，现代社会的绝大多数女性很可能会拒绝，她们会说“太荒唐了”“我又不是妓女”……

即便接受了这类花样，女性也不可能通过这些体位的变换获得快感。

气乐堂想找的是男人的性器官能够与女性的阴蒂部位紧密结合的体位图，却怎么也找不到。

由此可见，这些体位图归根到底都是为了满足男人的好奇心而琢磨出来的招数，只能看作是一种享乐图。

令人匪夷所思的画面还真是不少。

比如有一种名为“挑担式”的体位，即女性平躺，将腿最大限度地弯曲起来，男人覆盖其上，进行交合的姿势。

这个姿势，女性是仰面朝上，身体缩成一团，在视觉上很是淫荡而刺激。

可是，男性的 penis 只是从上面进入，几乎不可能碰到女性的阴蒂。

而且，这种姿势女性非但感觉不到愉悦，反而会觉得羞耻。

还有名为“后磨盘式”的体位，女性背朝男性跨坐在男人的腿上，penis 从女性后方进入。这种体位，男性可以自由触摸坐在腿上的女性的乳房，但 penis 也同样不可能碰到女性的阴蒂。

另外，还有号称“仙鹤倒剪双臂式”的姿势，名字很唬人。女性背向男性跪着，男性跪在其身后，将两手从女性腋下伸到女性胸前，固定其双臂，从后方进行交合。然而，这种体位也同样碰不到女性的阴蒂。

千奇百怪的体位图让人看得眼花缭乱，看上去十分妖冶淫靡，但这些都是为了愉悦男性而画的，很难满足女性的欲望。

那么，从前的女性，是不是顺从地接纳了男人变换花样的要求呢？倘若不得不接受的话，女性是多么可悲，多么屈辱啊。

气乐堂想象着那些被迫接受怪异体位的女性既痛苦又哀怨的表情，反倒异常兴奋起来。

这个先放下不说，看到《四十八手房中秘术图》，气乐堂才知道，这些图可以说根本没有考虑过女性的快感。

他还发现，这些图里也存在着男尊女卑，或者说以男性为中心的观念，只是把女性当作满足男性的工具。

“这样可不行。”气乐堂断然说道。

性事交欢图，说到底是为了让男性欢喜、享受而画的。

全然没有考虑到，在那种情况下，女性要忍受怎样的屈辱和羞耻。

在这种状态下，怎么可能男女双方共享快乐呢？

但是在过去，也就是江户时代，人们大概认为这是理所当然的。

男人是享受快乐的，而女人是被男人享受的对象。

只有男人拥有单方面的特权。

“而且，说不定……这种倾向现在仍然存在。”气乐堂再次陷入沉思。

实际上，现在也有人认为女人就是让男人享受的。

即使他们没有说出口来，也会在心里这样想。

“落后，太落后了。”在欧美，恐怕不会有男人这么想吧。欧美人都相信男女是平等的，都有着这样的共识。

以此类推，爱情也是对等的，甚至性行为也是对等的。

男人首先要对女人倾诉许多爱的语言，当女人有所回应，知道他的爱被女人接受的时候，便会跟她接吻。

他们知道，爱情是需要大量的语言和热情的。

相比之下，日本的男人对爱的热情不是太欠缺了吗？难道想用几句苍白的话来敷衍吗？

“这可不行。我要做个欧式男人。”气乐堂对自己轻轻说道，继而露出了苦笑。

我要对她们诉说许多许多的爱，温柔地对待她们。

对那个有贺律师也要这样做。

无论她是多么聪明的女性，肯定也希望得到男人的爱。

要激发起她的这种欲望，让她燃烧起来。

这样的话，她也会渐渐接纳我的。

到那个时候，即便不发生性关系，也会让她享受到充分的快感。

新的自信虽然是缓慢的，却是扎扎实实地涌上了气乐堂的内心。

“这么说的话……”气乐堂想起了不久前的一件事。

气乐堂刚刚发现自己不行的时候，也搞不清楚是怎么回事。

最初是和殿村夫人没有能够进行真正的或标准的性交。

当然，殿村夫人肯定是在等着自己，但自己无法回应。

万般无奈之下，自己想到的是爱抚她的敏感部位。

自己的手指在她的私处缓慢地游弋。

虽说是因为歉疚而进行的某种补救，可殿村夫人还是渐渐有了感觉，并最终达到了高潮。

现在回想起来，枫千裕的情况也是一样。

和那么相爱的殿村夫人因为突然不举而没能顺利发生性关系。于是，气乐堂又觉得若是和年轻的枫千裕交合的话，或许会成功，就跟她尝试了一番，结果还是不行。

到了此时，气乐堂觉得自己的确是不行了，该死心了，但是又不能把枫千裕扔在一边不理不睬。

于是他再次抱住枫千裕，对其敏感处进行了长时间的爱抚。

准确地说，当时他的心情真是绝望至极，觉得自己彻底变成废人了。

他一边这么想一边爱抚着枫千裕，没想到枫千裕竟然慢慢地燃烧了起来。

女性完全无视男性的消沉，自己前行了。

气乐堂感到吃惊的同时也有了新发现。

“果不其然啊……”那里是女性快感的中心点。

现在除了利用那个最重要的隐秘之所外，没有其他的办法。要尽可能轻柔地触摸它，由轻到重，逐渐加力。

当女性开始呻吟的时候，再将手指探入阴道里，耐心地刺激性感带。

这样细腻的刺激，penis 是无法企及的，它只会自顾自地变硬、勃起、射精、瘫软。

而手指的爱抚比起它来更加准确更加到位。

“这件事，只有手指才能做到……”气乐堂不由得盯着自己的手指看，把食指和中指轻轻贴在嘴唇上。

这时突然响起了电话铃声。

这个时间，会是谁打来的?

气乐堂觉得自己的心事像是被人看透了似的，看了看四周，才拿起电话。

“爸爸吗？”一听这声音，就知道是女儿敦子打来的。

“是你呀，怎么想起打电话了？”

“您好吗？有什么快乐的事吗？”

“什么快乐的事？”气乐堂不明白什么意思，反问道。

敦子回答 :“和女人去约会什么的呀。”

“约会？”

冷不丁地说什么呢，气乐堂正在发愣，敦子小声说：

“没关系的。我根本不在乎的。我想妈妈也会同意的。”

“……”

“爸爸，这么多年一直都在埋头工作，所以，做自己喜欢做的事也没关系啊。”

“喜欢的事？”

“爸爸这么帅，肯定有人喜欢的。加油啊！”

敦子应该不会知道殿村夫人和枫千裕的事，但是，女儿这么说，气乐堂还是觉得很难为情。

“你怎么样啊？”

“我没有问题。只要爸爸快乐就好。”

“嗯，我很好。”

“回头还请我吃牛排啊。”

“知道了。”

“那就挂啦。”

电话挂断了，气乐堂松了口气，仿佛得到了温柔的援军一般。

第七章　性事百态

气乐堂再次思考起了自己的现状。

说什么也没有用，现在最明白不过的是，与其依赖不给力的penis，还不如手指的爱抚更靠得住。

其实，还是手指比 penis 那家伙听使唤得多。

Penis 说到底是靠其他东西使自身愉快的，而不是让别的东西愉快的家伙。

这么说虽然有点矫情，但人们似乎是把能动和被动搞颠倒了。

Penis 永远是被动的东西，不可能承担有意识的能动的任务，并完成这个任务。

当然也有的女性因强有力的 penis 的作用而享受到了美妙的快感。

“那是多棒的 penis 啊。”这样回味的女性也是有的。

然而，那个时候，penis 并非是有意识地为了让女性快活而工作的。

当然，penis 的确有时候会为了让女性快活而效力。

但是，那是进入女性身体里以后，penis 感到舒服的缘故。它受到女性性器官的包裹和刺激，渐渐变得粗壮起来，在里面撒欢而已。

它的行为并没有什么计划性，或者目的性。

然而手指的爱抚则不同，它并不像 penis 那样突如其来的强烈刺激，而是有意图地进行的。

所以究竟哪种方式更可靠、更准确就显而易见了。

不用说，没有比手指更可靠的东西了。

况且，使用手指的话，还省得劳烦 penis 受累了。

已经有过多次性行为、相互了解、相互信赖的关系姑且不论，还没有到那么亲密的程度的男女之间，性结合并非易事。

而且，即便进入了女性身体，女性觉得不适应或感到疼痛、不舒服的情况也不少见。

在这样的状态下，女性根本不可能感到快乐吧。

总而言之，一直以来，人们对于性的思考，过于以男性为中心了。

有人甚至只追求怪异的体位和性行为，误以为这样就是性爱的极致，并引以为豪。

然而，这不过是性的游戏。

性，只有男人和女人都加入进来，从中感到乐趣和满足，才能够称为性爱。

此时，气乐堂断然拿开了性交图，将注意力转向了新的爱的形式。

难道就没有更顺应人性的，男人和女人都可以享受快乐的交欢图吗?

这时气乐堂脑海里浮现出来的，是在某个老年公寓里，从入住者那里听来的事情。

气乐堂偶尔去老年公寓调查，得知那里从高级设施到普通设施，有很多种形式。

尤其是在高级设施里，虽说有的高级设施要求入住者投入几千万到上亿日元，不过，相应的，里面条件很完备，气乐堂自己都很想住进去。

其中有这么一处设施，考虑到有的老年人会在半夜里独自走出房间，在外面徘徊，便将走廊修成回廊，即便他们出来走动，也能够走回原来的房间。

而且，在走廊的墙壁上画满了风景，看到这些画，老人们就仿佛去了各种各样的地方。

“不错啊，这样就不会感到寂寞，而且还很安全。”

气乐堂很钦佩这些设计。这时他被悄悄依偎着的一对男女吸引住了。

这两个人看上去像是夫妻。气乐堂问：“你们是夫妻吗？”他们互相对视了一下，微微一笑。

看样子他们是一对热恋中的情侣。

男人八十岁多一点儿的样子，女人也是差不多的年纪。

“原来是这样……”

气乐堂这时才想起了公寓负责人对他说的话：“男人和女人无论到了多大年纪，也会相互吸引的。”

有道理，气乐堂看到的这对老年情侣就是相爱的两个人。

据说在阳光房里看似舒服地在晒太阳的老年男女，其实总是抱着好感地不自觉地四目相对。

这种时候，往往是女人比较主动，她会主动坐到男人的身边去。

不仅是这样，交谈两三次之后，女人会不请自来地去男人的房间，怕男人着凉，给他围上围巾或盖上小毛毯等，俨然老夫老妻似的照顾男人。

由于老年公寓里的这种设施是积极鼓励男女之间交往的，因此对男女之间的接触，更是抱着欢迎的态度。

于是气乐堂鼓起勇气对相爱的两个人问道：

“冒昧地问一句，性关系方面你们的情况如何？”

那个男人回答：“已经这个年龄了，没有性生活了。”气乐堂记得他回答时显得有些难为情。

最明显的是吃饭的时候，女人们必定四五个人聚在一起边吃边聊，欢声笑语的。

相反，男人们即便四个人坐在一个饭桌吃饭，也都不怎么说话，闷头吃自己的。

而且吃完饭后，女人们要去喝茶室继续聊天，男人们一吃完饭，就仿佛完成了任务似的，站起来早早离开食堂。

就这样，喜欢聚在一起聊得热火朝天的人，和喜欢独自默默地吃完饭就走的孤独的人相比，自然前者总是保持着旺盛的活力。

也就是说，孤独的大叔族会迅速衰老，也是理所当然的了。

可是，男人为什么会那么孤独，那么不合群呢？

这倒不是因为男人特别喜欢孤独。

气乐堂也上了年纪，对这方面的情况多少了解一些。

首先男人觉得跟大家说话很麻烦、别扭，还不如自己一个人更轻松自在。

如果是这样的话，也可以说是明显的精力不足导致的。

“有道理……”气乐堂不能不点头认可。

要问男人和女人哪一方更有精力的话，自然是女人了。

当然男人年轻的时候很有精力，能够很漂亮地做好各种事情。

但是从五十岁到六十岁，再到七十岁，男人的体力在急速下降。与男人相反，女人从七十岁到八十岁，依然是精神矍铄地整天不闲着。

“强者，你的名字是女人。”

这句话在老年人群中得到了充分的体现。

气乐堂医生也在大学医院里学到了很多东西。

现在回想起来，在大学医院工作期间，气乐堂治疗过许多患者，其中让他最难忘的有两位。

一位是名叫须藤的患者，八十岁了，由于脊椎肿瘤而卧床不起。

据说他以前当过小学校长，看上去是一位很有绅士风度的稳重的人。

但是，负责他的名叫正木的护士却说：“那个患者，特别好色。”

“他做什么了？”气乐堂问道。

她说，每天早上当护士把手指按在他的手腕内侧，给他测脉的时候，他肯定会握住护士的手；还有，当护士弯下腰，为他清洁床铺时，他就拼命坐起来偷瞄其胸部，诸如此类。

“那老头特别好色，真让人讨厌。”

听了这话，气乐堂点了点头，但立刻不客气地说了一句：“其实，不就是看一眼吗？想看就让他看呗。”

实际上，卧床不起的须藤握住年轻护士的手，或者想要偷瞄护士的胸部，是很自然的欲望。

因为即便允许老人这么做，那位护士也没有受到什么伤害，不是吗？

然而，也许是正木护士的“精神洁癖”在作怪吧，她反驳道：“先生怎么这么说呢？”并向护士长告了状。

于是，气乐堂被护士长找去，护士长严肃地提醒他：“您对护士提出这么过分的要求，很不应该。”

气乐堂嘴上虽然道了歉，但心里并不觉得自己说错了。

尽管护士长说得有道理，可是这点心理准备，作为护士也是必需的啊。

总之，当时这件事就过去了，后来须藤再没有做过类似的事情。

但是，很快，此事过后大约一个月，须藤就去世了。

亲眼目睹了此事全过程的气乐堂，深有感触。

对于那位半身不遂、风烛残年的须藤老人来说，握住年轻护士的手，或者偷瞄护士的胸部是他活着的唯一乐趣。

这个乐趣被夺走后，须藤就失去了活着的意义，只有默默地死去。

记得在那前后，还有一位名叫铃木的年近八十岁的女患者。她因大腿骨折而住进医院，手术后恢复了正常，一个月后开始接受复健理疗。

复健室里有一位叫足立的三十二岁左右的帅哥理疗师。

铃木老太太一眼就看中了这位理疗师，动不动就叫“足立先生、足立先生”，点名要他给自己治疗。

尽管足立已经讲了步骤，并进行了充分的说明，但是她还是重复着同样的问题，甚至要求足立给她按摩腿。

由于她的要求太过分了，护士就请气乐堂去“说说她”。气乐堂去了一看，果不其然，她嗲声嗲气地叫着“足立先生、足立先生”，足立给她按摩腿时，她便眼眶湿润地盯着他看。

气乐堂对她说：“老姐姐，他还有很多患者要治疗，不可能只围着你一个人转啊。”

铃木老太太假装没听见，眼睛看着别的地方，气乐堂刚走，她就又“足立先生、足立先生”地叫了起来。

这样的情况下，对她说什么也是不管用的。

足立理疗师也是好歹应付着她，复健室里总是回响着她喊“足立先生”的娇滴滴的声音。

虽说其他人都皱起眉头：“这个老太婆脸皮真够厚的，太黏人了……”但她的复健却进行得很顺利，一个月后，她就恢复到可以出院的程度了。

尽管老太太表示“还想再住一段时间”，但院方还是要求她出院了。可出院之后，她依然每周三次到复健室治疗。

可以说她是相当执着或者霸道了。不过，就是因为她是女患者才行得通的。

如果是男性患者的话，即便有喜欢的女护士，也不可能这样纠缠。

非但如此，像八十岁的须藤老人那样，很可能只是因为不让他偷瞄护士的胸部，他就反省自己的过错，失去了活下去的勇气，很快死去了。

气乐堂深深感到，在这件事上，虽然可以看出男人和女人对异性的执着有别，但共同之处是对异性抱有好奇心，这才是人的生命力的源泉之所在。

回想这些老年人的事情，气乐堂再次点了点头。

“我现在这样挺好……”也许是自己在找借口，但他已然能够接受自己现在的状态。

的确，自己现在的情况，就是所谓的性无能。

然而，除此之外的事情都没有什么妨碍。比如和女人亲近，一起吃饭，告诉对方自己喜欢她，进而诉说爱意，和她拉手，拉她去床上，等等。

看到这里，有人会觉得这不是色魔吗？但是，不必介意这些。

人们绝对想不到会有性无能的色魔吧？

其实，真的是有的。

自己就是个地地道道的性无能的色魔。

不过，性无能的色魔难道不是很潇洒的好男人吗？

即便背负着种种缺陷，却高居在性的世界的顶峰。知道真相后，人们都会瞠目结舌，哑然失色吧？

“好吧，以后我就使用这个名号了。”

气乐堂自言自语着，微微一笑。

那么，性无能的色魔，下一步该干什么呢？

他的脑海里自然而然地浮现出有贺律师的身姿。

就追求那个女律师吧。

说实在的，她可是个“庞然大物”，和一般的多情女子不是一个层次的。

当然，她有知识有教养，而且很有自尊。

气乐堂首先要追求这样的女性。

的确，自己是个性无能的色魔，但不知道是否应该庆幸从外表上看不出来这点。

然而，自己并不以此为耻辱，反倒认为这是神赐予的千载难逢的机会，要充分加以利用。

既来之则安之，反正那家伙也不可能胡跑乱撞了，可以完全置于自己的掌控之下。

气乐堂不由得想向世人宣布：“我是个性无能的色魔！”

这句话再真实不过了，没有丝毫的隐瞒。

事实上，现在气乐堂身边也有殿村夫人和枫千裕两位女人。

气乐堂陷入性无能之后，也和她们俩上床做了爱，她们并没有因此而离开他。不但没有离开，和她们的关系今后还会继续下去。

这个事实太重要了，给气乐堂增添了很多的自信。

不错，性爱，并非仅仅指性交，还包括男人和女人单独在一起时的一切行为。

从两个人见面后的交谈，放松下来，互相拥抱，接吻，直到合为一体，获得身心的满足，这一切都是性。

“即便是性无能也没关系，所以才会诞生‘性无能的色魔’啊。”

气乐堂把最后这句话说出口来，用力地点了点头。

第八章　新恋情

十月初，气乐堂鼓起勇气邀请有贺律师一起吃饭。

到如今，作为医生和患者的他们，已经无话不谈了，有时候气乐堂还会说两句玩笑话。这次他想两个人一起吃饭，进一步了解一下。

气乐堂给她打电话，问了问她腰部的情况，然后提出“一起吃个饭好不好”，有贺律师沉吟了一下，问道：“我可以吗？”

这还用说，能够和她这样有品位的女性一起悠然进餐，是气乐堂求之不得的事。

气乐堂立刻问她什么时候方便，然后将时间定在下周二。

餐厅位于青山大道对面的大厦里，是一家名为“Casita”的法式餐厅。气乐堂把店名和地点告诉她后，她爽快地说：“那就下周二见吧。”

“好了，这就 OK 了。”仿佛得到了朝思暮想的美女一般，气乐堂点了点头。

不过，即便和她单独约会了，她也未必就能马上成为自己的女人。

退一步说，就算她对自己有意，两人也不可能发展到那一步的。

“你不行了呀。”气乐堂心里的另一个自己轻轻说道。

他自然很清楚这一点。不过，没有必要想那么多。

只要能够和她一起愉快地进餐，就足够了。

“多管闲事。”他对突然插嘴的那个自己训斥道。

话说回来，只不过是和一位新结交的女性约会，至于高兴成这样吗?

他恨不得大喊一声：“太棒了！”

如此看来，自己即便成了性无能也照样可以追求女性，没有任何影响。

“无论变成什么样，男人终归是男人。”气乐堂自言自语着，踌躇满志的。

到了约会那天，气乐堂先到了餐厅，不久有贺律师也到了。

今天，她里面穿着白色衬衣，外搭黑色粗呢外套，风姿绰约，尽显秋意。

气乐堂早已知道她皮肤白皙，但今天她那白色衬衣领口露出的锁骨，让她显得更有风情了。

“怎么了？”有贺律师见气乐堂直勾勾地盯着自己，奇怪地问。

“没什么，觉得你太美了……”

气乐堂实话实说，她莞尔一笑，落了座。

二人相向而坐，窗外车水马龙的青山大道尽收眼底。

“这地方真不错。”看样子她对这家餐厅很满意。

拼盘很快上了桌，气乐堂要了两杯香槟。

“你能喝点吧？”

“喝不了多少的……”

气乐堂不管这些，和她轻轻碰了杯后，才慢慢安下心来。

“其实我一直想请你吃饭。”

“谢谢您。”

第一道菜是刚从筑地进的新鲜的carpaccio（意式生牛肉）。

这家餐厅有外籍厨师，菜品独具特色，这些是气乐堂最中意的地方。

喝完了香槟后，他想喝红葡萄酒，就要了一瓶。

“我真的不能喝。”

那就更想让她喝了。虽然气乐堂心里这么想，但嘴上可绝不能这么说。

“那你就随意好了。”

两个人轻松地吃完了饭，气乐堂打算以公寓就在附近为由，邀请她去自己的住处。

他心想，这样追求女性，跟以前也没有什么两样。其实，自己本来也没得什么病。

只不过那里起不来了，但是对女性的好奇心好像更强了。

气乐堂已经追求过好几个女性了，他知道在这个时候，最关键的是尽快打消女性的畏惧，或者顾虑。

譬如现在，气乐堂没有妻子，是独身一人这件事，就要让有贺律师知道。

于是，气乐堂告诉她：“我就住在这附近。”

“住在这么热闹的地方吗？”

“我喜欢从这儿到表参道一带的环境。”

他的确是这么想的，没有隐瞒的必要。

“住着方便，也很安静，所以，老是离不开这里。”

“可是……”有贺律师停顿了一下，问，“您的太太也喜欢这一带？”

“这个……”气乐堂就等着她这句话呢，“我的妻子已经不在了。”

他继续说道：“六年前，在我开这家医院的前夕，她突然去世了……”

有贺律师一边点头，一边看着气乐堂："那么，从那以后，您一直一个人……"

"是啊。开始的时候有些难，现在已经习惯了。"

话说到这个程度，她基本上就能明白了。

气乐堂稍稍放了心，喝了口葡萄酒，突然想起什么似的说道："吃完饭，要不要去我家坐坐？就在附近，走几步就到了，不过，你看了会吃惊的。"

"为什么？"

"房间里乱得不成样子。"

强调一下独身男人的杂乱无章，或许更能引起她的好奇心。

"从这里打车也就是起步价，请务必光临寒舍。"

看她没有表现出不想去的样子，或许是对他的住处感兴趣吧。

吃完饭后，气乐堂又邀请了一次，她就同意去了。

不过，一个女人这么晚去男人的住处，她显得有些心神不宁。

气乐堂为了让她放松一些，就去厨房打开冰箱，倒了两杯冰镇乌龙茶，递给她一杯。

"您一个人住在这里吗？"

"当然。"

气乐堂扭头朝向大门那边，告诉她："门旁边那间是卧室。"

可能的话，他希望今天晚上能够把她引向那里，不过这可能也有点太快了。

"很安静。"和医院一样，自己的住处也是面朝青山大道，但也许是夜晚的缘故，房间里听不到汽车的声音。

"对了，这边的夜景很漂亮。"气乐堂仿佛刚刚想起来似的，朝露台走去。

他打开起居室的玻璃门，穿着拖鞋，进了露台。

“请到这边来。”

有贺律师站起来，走到露台边。

“不用换鞋，没关系。”于是，有贺律师穿着拖鞋，走进露台，站到他身边。

夜晚的秋风徐徐吹过，左手边高楼林立，而右手边视野比较开阔，远处有一座圆形大厦。

“那是六本木新城。”

她慢慢点点头：“离得真近啊。”

露台下面就是青山大道，但是，夜晚看不到大型汽车，只有出租车驶过。

气乐堂一只手扶在露台的栏杆上，稍稍靠近了有贺律师，她身上浓浓的香水味儿随着夜风飘来。

两个人的距离不到一米。气乐堂只要伸出右手揽住有贺律师的肩头，就可以抱住她。

“试试看？”

现在她应该不会拒绝。

“干吗？”气乐堂再一次问自己。

此时，两个人正并肩站在公寓的露台上，在晚风的吹拂下眺望夜景。

“好……”气乐堂在心里嘀咕，微微扭脸看了看她。气乐堂身高一米七多，要和她接吻的话，个头正合适。

于是气乐堂鼓足勇气，向右一转身，一把搂住了她。

“啊……”

她正要扭过脸去，气乐堂紧紧把她搂在怀里，吻住了她的唇。

她刚才的意思是不是“不要”呢？

她使劲扭动着，试图挣脱，气乐堂一直紧紧搂着她，没有松开她的嘴唇，渐渐地她不再抗拒了。

气乐堂在她的唇上轻轻移动着舌头，

夜色阑珊。

在面朝马路的公寓九层的露台上，一对男女在接吻。

无论是夜空还是挂在天上的明月，还有远处的高楼大厦的灯光，都会看到的。

然而，它们什么也没有说。

这样大概过了三十秒。不，也许十秒钟都不到。

气乐堂松开了嘴唇，再次紧紧搂住她，在她的耳边嗫嚅："我喜欢你。"

她微微扭过头去。

也许是对他突然接吻不满吧，或者是想让自己心情平静下来？

气乐堂不愿多想，再次抱住她，这回她轻轻地把头依偎在他身上。

"喂喂，我说，你这家伙到底打算怎么收场？"气乐堂诘问自己。

"我知道你喜欢她，可是，以后你真的能够做到吗？"气乐堂现在的全部精力都集中在自己的胯下。

可是那里却事不关己般静悄悄的。他好不容易跟自己心爱的人接吻了，关键的部位却一点儿反应也没有。

说心里话，他对今天晚上的约会暗自怀有一个期待。

如果能够和她单独约会、接吻，然后上床的话，说不定自己就能重振雄风呢。

与其说是期待，不如说是他的梦想更准确。

可是胯下那个家伙依然安静地垂着脑袋。

"明白了……"气乐堂对自己点点头。

年轻的时候，只要和女性一接吻，胯下那个家伙就会抬起头，不安分起来。

即便叫它“等一下”，它也不听，常常搞得自己十分狼狈。

可是，那个时代已经一去不复返了。

“不认输不行喽。”气乐堂告诉自己，但转念一想，“说不定，到了床上，紧紧相拥的话……”那个时候，它会不会动起来呢？

现在，自己最喜欢的是身边这位有贺律师。倘若她躺在自己身边的话，胯下那家伙会不会有所行动呢？

虽说这样想有点固执，但气乐堂还不打算就此放弃。直到现在，他还是想要拥有梦想。

“无论如何先上床再说。”

在露台上的话，很难进一步接近她的身体。

今晚虽说到了接吻这一步，但接着就上床的话，未免太操之过急了吧。

他左思右想，再一次抬头仰望天空，暗自告诉自己：“太着急可不行。”

一阵夜风吹来，气乐堂说了声：“回屋吧。”

已经接过吻了，没有理由继续在露台上待下去了。

有贺律师跟着气乐堂回到房间后，气乐堂拉上了露台的玻璃门。两个人在椅子上坐下。

然而她微微低着头没有说话。

也许是因为突然接吻而受到了惊吓吧，气乐堂担心地这么想着时，她站了起来。

“请问，洗手间在哪儿？”

“在走廊尽头……”

气乐堂站起来告诉她。她朝洗手间走去。

也许是因为接了吻，要补妆吧。

尽管气乐堂有些内疚，但也只能如此。因为她可爱，自己才这么做的，否则不会这样迫切。

希望她至少能够明白这一点。

过了片刻，她回到客厅里。

她的妆容和头发果然恢复了原来的样子。

气乐堂正琢磨着最好说一会儿话后就能和她上床时，她微微低了下头，说：“我该走了。”

“怎么，这就走？”他慌忙问道。

她轻轻点点头。

气乐堂想再挽留一下，但她已经朝玄关走去了。

莫非是因为自己强行跟她接吻，她生气了？

气乐堂站起来问道：“你生气了？”

她马上回过头，冲他轻轻地摇了摇头。

“那就是说没有生气，对吧？”

他自己也觉得这么问不合适，把她送到玄关后，气乐堂再次问道：“还能见到你吧？”

她轻轻点点头，打开了门。

“我送你到楼下吧。”

“不用了。”

她的语气很坚决，就在气乐堂犹豫不决的时候，有贺律师自己关上门走了。

她虽然走了，但看样子不像是不高兴。

恐怕只是因为突然被自己强吻，觉得再待下去有些难堪吧。

也是，如果她不走的话，自己也不知道该怎么做好。

当然很想邀请她上床，可是，第一次见面就上床的话，未免太急切了些。

总之，现在能够接吻已经很棒了。

实际上，到了这一步，今天晚上约会的目的已经全部达到了，这么说一点儿也不过分。

气乐堂的思考在这里停顿了。

即便顺利地和她上了床，自己到底有没有戏呢？看今天胯下的样子，自己是没有什么自信的，果真起不来的话，就只能没完没了地接吻了。

如果只是一味地接吻，她会不会感到满足呢？

也许非但不会满足，还会觉得不可思议的。

她会想，他为什么不跟我做爱呢？如果真的喜欢我的话，这不是很自然的事情吗？

她好像没怎么接触过男人，从她身上丝毫感觉不到那种阅人无数的气息。

但也不能因此断言她没有过性经验。她肯定有过多次经验了。

她很可能觉得奇怪，这个男人为什么不像以前接触的男人那样跟她发生性关系呢？

只是这样紧紧地拥抱、爱抚，她怎么获得满足呢？

自己该如何面对她的疑问呢？

无论怎样，现在放弃她太可惜了。

不行就不行了，只要能够拥抱她就心满意足了。

这样拥抱，自己的情感就会充分地传递给她的。

接下来的事情，现在想也没有用。

今晚刚刚和思慕已久的有贺律师接了吻。

才刚刚迈出了恋爱的第一步，自己就在考虑什么时候可以跟她发生性行为，以及怎样做才能让她满意等问题了。

进而考虑到已经没有性能力的自己的身体状况，气乐堂又变得忧心忡忡起来。

“等一下。”气乐堂阻止自己再想下去。

与其担忧以后的事，不如满足于能够跟她接吻的现状。

性行为什么的是将来的事情。

接吻也是女性对男性有好感，精神上接纳对方的标志。

第一次约会就能够走到这一步，应该知足了。

当然，以后继续约会的话，就会由接吻进一步发展到拥抱以及爱抚。

他非常渴望这些想法能够真的实现。

但是不一定什么事都能顺心如意。

说不定半途中会因为某件事，导致她的爱冷却下来，继而弃他而去。

现在就开始担忧性行为能不能顺利，也太着急了。

这样的话，和那些一门心思只想做爱的小年轻有什么区别?

自己应该更加从容坦然地跟她交往下去。

何况，今晚已经实现了原定的计划。

自己这么说似乎有些不合适,但除了“很棒”以外,还能说什么呢?

由此，自己和她的关系便超越了一般的医生和患者的关系。

而她也不仅仅是一位聪明的女律师了。

从今天晚上开始，他们的关系变成了男女关系，对，他们已经是相爱的情侣了。

不行，这么说好像为时过早吧?

不过,他们之间是相互抱有好感的朋友关系,应该是没有错的。

“好吧……”气乐堂又点点头。

对方是一位令许多男人望而却步的女律师。

不管是否真的如此，反正自己这样想就够了。

气乐堂忽然想要向人们大声叫喊：“从今天开始，性无能的男人要开始新的恋爱啦！”

第九章　坦诚相告

气乐堂与殿村夫人再度幽会，是和有贺律师约会后的第五天。

就是在上次和殿村夫人约会时，气乐堂知道自己出现了状况。

那时候自己惊慌失措，只是紧紧抱着殿村夫人，默默地爱抚不已，什么也做不了。

殿村夫人肯定也觉察到气乐堂的表现有些异常，但她当时没有问什么就离开了。

后来好久没有见面，今天约她时，她很痛快地答应了。

她只是说最近先生常常在家，不方便晚上出来，所以约在了星期日的下午。

气乐堂很快把她迎进卧室，聊了几句就上了床。

和殿村夫人已经约会过多次，所以不需要那么多的客套。

气乐堂拉上卧室的窗帘，让房间暗下来，自己先上了床，等着殿村夫人。

不一会儿，殿村夫人穿着黑色吊带裙也上来了。气乐堂迫不及待地抱住了她，轻轻说道："好想你。"这是他的心里话。

上次分手的时候，感觉气氛有些不自然，这次气乐堂想好好补偿一下。

虽说他现在有这份心，也没有这份力了。

那个家伙虽然不行了，但是他想通过长时间的爱抚来满足她。

怀着这样的心情，气乐堂抱住殿村夫人，温柔地抚摸起她的后背来。

万一能起来呢？他依然抱着一丝期待，但那里仍旧无精打采的，没有起来的意思。

这也在预料之中，不必惊慌。

气乐堂紧贴着殿村夫人的身体，右手伸向她的下体。

可这次还是没有可以塞进去的东西。

虽然不能说是替代那家伙吧，但气乐堂的右手在殿村夫人的大腿之间游弋着，终于找到了目标，到达了秘所的入口。

那里仿佛早已等不及了，已经湿润了。

过去，他总是告诫自己不要着急，而现在已经没有什么可着急的了。

气乐堂的右手中指稍稍探进了入口。

看样子，经过他刚才从后背到下体的执着爱抚，殿村夫人的身体早已做好接纳它的充分准备了。

然而，气乐堂并不急于前进。

他让指尖在入口附近进进出出地逡巡着。

就这样反反复复了好一会儿，指尖才渐渐地触到了殿村夫人体内的最敏感地带。

说实在的，这种程度的复杂爱抚，penis 是绝对不可能做到的。

即便 penis 触到那里，也只是一瞬间便冲过去了。

然而此时，气乐堂的手指却停留在那最敏感之处，久久不去。

犹如在配合他的动作一般，殿村夫人忍不住发出了喘息声，但气乐堂并没有停下来。

以前依赖 penis 的时候，是做不到这么长时间的进攻的，而现在只能依靠手指了，当然不会停下来。

只是靠手指这样触摸，殿村夫人好像已经兴奋起来了，发出了哀求：“不要……求你了……”

但是气乐堂没有理睬，继续用中指指肚在那敏感地带周围画着圆。

“不行了，我不行了……”

“好吧，就这样上去好了。”

气乐堂在心里念叨着，加快了手指的移动，终于殿村夫人到达了极限。

“啊，不行了……”

一向端庄的殿村夫人发出了难以想象的叫声，拼命地摇晃着头，紧紧地贴了过来。

气乐堂抱住殿村夫人发热的身子，慢慢点了点头。

“很好……”

自己的penis什么也没有做，一直蜷缩在胯下，而殿村夫人已然达到了高潮。

气乐堂此刻的真实心情，用“她自己达到了高潮”来表达，或许再合适不过了。

“竟然可以这样啊……”

气乐堂悄悄地点点头。

“即便没有penis，也是可以让女人快乐的。”

这一结果也是他以前就预料到的。

原来他只是觉得有可能，现在得到了真实的确认。

问题是，使用penis达到高潮和像现在这样不依靠它所获得的快感，对于女性来说哪种方式更愉悦呢？

对于这个问题，气乐堂并不是很清楚。

可能的话，他很想问一问殿村夫人，但是他还没有这个勇气。

不过，看殿村夫人满足的神情，和以前没有多大区别。

从某种角度来看，他甚至觉得这次殿村夫人的快感比以前更强烈。

“不管怎么说……”

比起勉勉强强地依靠 penis 做爱来说，使用手指更能够为她进行足够的爱抚。

不用说，手指的爱抚功不可没。

气乐堂再次将殿村夫人搂到胸前。

殿村夫人虽说已经五十多岁了，皮肤却与她的年龄不相符，十分柔软。

当然了，殿村夫人的丈夫一定也抚摸过她的皮肤。

据气乐堂的了解，殿村夫人的先生是制药公司的董事，大概五十五六岁的年纪。

他们夫妻之间还有没有性关系呢？

以前看过的《性爱白皮书》里说，五十岁以上的夫妻，两个月以内发生一次性关系的还不到百分之二十。

如果是这样，那么殿村夫人和丈夫几乎没有性生活了？

或者说，即便偶尔丈夫有要求，她也拒绝了？

因为她现在和我这个男人在交往，所以和丈夫没有性生活。这样想或许比较顺理成章。

就是说，殿村夫人只愿意跟我做爱。

不然的话，怎么可能那么满足，那么兴奋呢？

难道这些是假的？是殿村夫人装出来的？这是不可想象的。

倘若是装出来的话，殿村夫人就没有必要特意来赴约了。

妻子既然背着丈夫，去和别的男人私会，足以说明是爱这个男人的。

也许是自己感觉良好吧，但这么想应该不会有错的。

一边任思绪驰骋，气乐堂一边打算今天把一切都如实告诉殿村夫人。

告诉她最近自己不能勃起了，以及这种状态直到现在也没有改变。

实际上，今后也不可能有什么改变了。

不过，他对殿村夫人竭尽全力地爱抚，弥补了这个遗憾。

尽管不能像以前那样做爱了，但通过爱抚和接吻等方式，使殿村夫人逐渐兴奋并燃烧起来了。

如果对殿村夫人说到这个程度，可能说得太多了，好在殿村夫人刚刚达到高潮，多半会理解自己的。

即便自己坦白了性无能这件事，殿村夫人也不会因此而变得冷淡，离自己而去吧。

在床上，气乐堂再次抱住殿村夫人，两个人的胸部紧紧贴在一起时，气乐堂轻轻对她说道："其实，我现在那个地方不行了。"

只说了一句，他就沉默了。

他想继续说下去，却说不出来。

没办法，他拿起殿村夫人的一只手，放在自己的下体，告诉她"就是这儿……"不知她是不是明白了。

看他沉默着，殿村夫人靠过来，轻轻说道："那件事，无所谓的。"

她的意思是说，它起不来也没有关系吗？

气乐堂正琢磨她的意思，殿村夫人爽快地说："只要被你抱在怀里，我就满足了。"

"谢谢你。"

气乐堂不由自主地道了谢，紧紧搂住了殿村夫人，殿村夫人接着说："我想让你快乐。"

"哪里……"

说心里话，现在只要殿村夫人快乐，气乐堂就十分满足了。

"只要你快乐，我也就快乐了……"

这感觉虽然并不是特别清晰，但他确实是这样想的。

两个人紧紧拥抱着，气乐堂再次思考起有关性行为的问题。

所谓性行为，到底指的是什么呢？

他漫然思考着，突然想到一个问题。

局部结合的性行为，或许并不是必不可少的。

想要孩子的话就另当别论，但自己从来没有想过和殿村夫人要孩子这码事。

而殿村夫人自然也是一样。

现在最重要的是让殿村夫人感到愉快，让她感受到性的愉悦，使彼此的爱更加牢固。

于是气乐堂再一次问殿村夫人：

"没有那个家伙，你会不会觉得不正常？"

殿村夫人听了后慢慢地摇了摇头。

"太好了……"

刚才，相爱的女性已经亲口告诉自己"无所谓"，所以，她是真的不在乎这件事。

"咱们又不打算要孩子。"

这句话气乐堂说得很有自信。

"既然如此，那个家伙……"

他本想说"阳痿"，又觉得这么说太露骨了，就换了个词。

"但是，一说起性行为，大家就认为必须是做爱。"

即使是一般的男女之间的性行为，也不是为了让女性怀孕而进行的。比起性交来，相爱的男人和女人只是想要肌肤相亲，身心愉悦。

不言而喻，这些都是在自己不能雄起之后才意识到的。如果没到这个地步，他是绝对不会想到这些的。

如此说来，由于没有了性能力，自己才能够发现新的性爱。

可以说，他发现了不必依赖 penis，通过爱抚和拥抱来满足女方的新式的爱。

气乐堂暗自对自己说："因为老兄你不行了，所以只能靠这招儿了。"

虽说失去了男性的雄风，但同时也不无轻松之感。

实际上，迄今为止，每次和女人行床笫之欢时，气乐堂都在担忧它能否顺利勃起。

而且为了让它能够顺利勃起，在事前要服用伟哥，还常常吃其他近似壮阳药的食物。

即便顺利勃起了，也会担心它能够坚持多久。

但是，从今往后就不需要为这些劳神了。

因为一开始就知道起不来，所以根本不需要担忧它会怎么样了。

"这回可好了。"气乐堂认可了自己的想法。

忽然他又产生了新的忧虑。

变成这样的话，女性还会接受自己吗？

他想再次确认一下。

虽然很害怕，可还是想明确地问一下殿村夫人。

"那个……以后这样也可以吗？"气乐堂再次问殿村夫人。

殿村夫人一下子不明白他的意思。

于是气乐堂解释道："就像现在这样，它也不动弹……"

这回殿村夫人缓缓地点了点头。

"太好了……"气乐堂忍不住说道。

气乐堂放了心，殿村夫人轻轻问道："可是，你没关系吗？"

这个问题殿村夫人刚才也问过一次。

殿村夫人似乎是因为只有她独自快乐而感到很歉疚。

"我没有问题。"这一点还是说清楚好，"只要你快乐就好。我只要感觉到你快乐就够了……"

气乐堂怕说不清楚，又补充了一句："我就觉得自己也达到了高潮……"

虽说他并没有那么确切地感觉过，但这样解释似乎更好一些。

"我太高兴了。"

殿村夫人听到这儿，把脸埋在气乐堂胸前，紧紧依偎着他。

如果殿村夫人能够满足的话，那么枫千裕多半也能够理解我了。

还有那位有贺律师也就……

瞎想什么呀，跟她能到哪种程度，谁知道呢。

不管怎么说，以后就靠这个法子做爱了。

现在，气乐堂好像已经确立了所谓的"气乐堂方式"了。

这是为了男女的性爱而发明的非常重要、非常实用的方法。

其要领之一是：男人的 penis 不一定要进入女性的身体。

重要的是如何刺激女性，提升她全身心的快感。

具体来说，就是温柔地相互拥抱。当然，此时要诉说绵绵情话，深情接吻。

当女性身心得到放松后，爱抚她的全身。

男人在温柔地抚摸女性后背的同时，还要配合以亲吻嘴唇和胸部的动作。上述动作缓慢而充分地进行之后，再将爱抚的范围扩展到下体去。

这些步骤就如同气乐堂刚才对殿村夫人所做的那样。

察觉到女性逐渐燃烧起来之后，就把她搂过来，右手伸向女性的大腿之间。

此时不用说也知道，那里已然柔软湿润了。

然后用中指置于最敏感之处来回摩擦，女性会因快感而发出呻吟，同时扭动身体。

到达这种状态，就可以看作爱抚获得了成功。

不过，男人的手不要停下，要将手指伸进女性的体内。此时，女性会忍不住叫出声来，主动搂住男人。

到了这个地步，女性的“登顶”只是时间的问题了。

事实上，就像殿村夫人那样，用不了一分钟，女性就会全身颤抖着，疯狂扭动着身躯“登顶”的。

这就是可以称为“气乐堂方式”的妙招。

第十章　爱的力量

其实，气乐堂现在最想见的女人是有贺律师。

这是因为，气乐堂还从来没有和像她这样知性、这样矜持而沉稳的女性交往过。

到底有没有希望使这样的女性成为自己的女友呢？

不用多想，肯定很有难度。

不过，前几天，气乐堂成功地跟有贺律师在自家的露台上接吻了。

虽说她并非那么情愿，但也没有特别拒绝。

说实话，没有比这更愉快的事了。

当然以前与殿村夫人和枫千裕接吻时，气乐堂也会紧张得全身热血沸腾。

不过，那都是以前的事了，而且和她们已经约会很多次了。

气乐堂很爱她们，并不打算放弃她们，但是，如果有人问他，最想见的是谁的话，毫无疑问是有贺律师。

气乐堂对她还所知不多，她就像个谜一样，格外吸引气乐堂。

而且还有一个原因。如果和有贺律师单独在一起，跟她同床共枕，合为一体的话，说不定，在那个激动无比的瞬间，自己能够勃起也未可知。

“不可能，根本不可能。”

这一点已经在殿村夫人那里得到了证实。

和枫千裕的尝试也以失败告终。

既然如此，和有贺律师在一起就可能勃起，会不会不太现实呢？

虽然这样想，但心里的另一个气乐堂还在嘟哝：“万一有可能……”

和有贺律师再次约会，是他们第一次单独见面半个月之后的十月末。

这次她身着V形淡玫瑰色连衣裙，给人感觉有些花哨，也许她已经不像上次那么紧张了。

上次去的是青山的法国菜餐馆，这次气乐堂请她去了位于赤坂的名叫“三平”的日本料理店。

他们先要了啤酒和日本酒。

正好赶上有河豚刺身，于是二人就着河豚喝起酒来，她的眼睛四周渐渐地泛起了红晕，愈加显得娇媚。

今天晚上一定要积极地追求她。气乐堂怀着这个念头，一杯接一杯地自斟自饮起来，也不等她给自己斟酒了。

以前就怕喝多了，那儿起不来，如今根本不用担心这个了。

一边吃一边听她讲近来的案子，两人在“三平”一直吃了一个半小时，接近尾声时，气乐堂邀请她：“今天也到我家去坐坐好吗？想给你看一样东西。”

有贺律师想了想，问道：“什么东西呀？”

“去了就知道了。”

看她没有拒绝的意思，两人一走出料理店，气乐堂就拦了辆出租车，让她坐在里面。

“我觉得浑身都发热。”

有贺律师好像是有些喝过头了，但这正是个好机会。

气乐堂和她并排坐在后座上，若无其事地握住她的手。

“你的手真温暖，真柔软啊。”

要是被她这双手叩诊的话，反而会增加热度的，不过，今天晚上应该是自己给她叩诊。

车开了十分钟多一点儿就到了公寓，他们乘电梯上了九层。

上次两个人一起看了夜景，这回气乐堂拉着她的手，直奔自己的书房。然后他去厨房，从冰箱里拿来冰镇乌龙茶，倒了两杯，递给有贺律师一杯。

“请吧……”

有贺律师以为又让她喝酒，一看是乌龙茶，才放了心。

等她喝了一口之后，气乐堂站起来说："请到这边来一下。"

有贺律师跟在他后面，刚走进房间，就看见里面有床铺，不由得吃了一惊。

她停住了脚步，站在门口。气乐堂拉着她的手，指着墙上的画说："你看看那个。"

那小小的画面上，有两个人脸贴脸地对视着。

由于是速写，几乎没有颜色，只有侧脸的轮廓，不过，即使在卧室的昏暗灯光下，也能够分辨出来那是一个男人和一个女人的侧脸。

气乐堂想要给她看的就是这张画。

“不错吧？”气乐堂问道，有贺律师还在默默地盯着那张画。

两人这么肩并肩地站着，气乐堂闻到了她身上散发出的淡淡的香水味儿。

他把脸凑近她去闻这香味儿时，她慌忙躲闪。

气乐堂没有放过这个瞬间，一把抱住她，跟她接吻。

“啊……”

她吃惊地用力摇晃脑袋，于是气乐堂松开了她，然后重新温柔地搂住了她。

“我喜欢你。”

说着就去吻她，女律师扭过脸去，气乐堂依然毫不放松地追逐她的嘴唇，这回成功了。

上次接吻是在露台上，现在是在卧室的床前。

他很想一鼓作气，实现梦想，但现在完全没有必要那么着急。

况且气乐堂的身体里，根本没有任何东西在催促他。

但是，气乐堂想要更加接近她，可以的话，还想和她肌肤相亲。

气乐堂拉着她的手走到床边，然后慢慢地一起躺倒在床上。

“啊……”

她慌忙想要坐起来，气乐堂仍旧不松手，紧紧抱着她。

可是两个人都穿着衣服，她还穿着玫瑰色连衣裙呢。

这样会把她的连衣裙弄皱，估计也会让她心里不踏实。

“脱件衣服吧……”气乐堂坦率地说。

他想让她脱去连衣裙和长筒袜，没敢要求脱内衣。

气乐堂自己也想脱了衣服，好舒服一些。

于是他下了床，去隔壁房间脱了上衣和外裤回来，顺便把卧室的灯都关掉了。

“脱了吧，好吗？”

气乐堂再次央求，她终于同意了，轻轻坐起来，开始脱衣服。

“那边不是有个台子吗？”他的意思是，让她把脱掉的衣服放在台子上面，也不知她明白不明白。

很快她又回到了床前。

她好像只脱了连衣裙，身上还穿着淡蓝色的吊带裙。

气乐堂把她揽在怀中，差点儿说出一声“谢谢”。

不管怎么说，女律师穿着内衣上了自己的床，令他万分高兴。

这么抱着她，气乐堂渐渐感受到了她的体温。

“现在，她什么也不会拒绝了吧。”

气乐堂暗自思忖，可那个地方依然没有一点儿动静。

他用左手轻轻摸了摸它，也没有反应。

“这样啊……”气乐堂再次点点头。

到这个地步，就不要再恋恋不舍了，该死心了。

“看来我确实不中用了。”

以后要以此为出发点，来考虑该怎么做。

“你明白吗？”他又一次提醒自己。

眼下自己必须要做的是爱抚有贺律师，让她感到快乐。

这是死乞白赖地把人家拉到自己床上来的男人对女人最起码的礼貌。

气乐堂抱住她，右手伸到她的后背，触摸到乳罩的挂钩，他恨不得一把解开它，抓住她的乳房。

可是，万万不可操之过急。

气乐堂告诫自己，进而将右手从她的后背向腰部滑下去，来回抚摸起来。

她猛地扭动了一下身体，但并不是表示不愿意。

气乐堂获得了自信，继续抚摸着，然后手再次返回了后背。

现在该解开她的乳罩了。

即便气乐堂请示她：“可以解开吧？”也是不会得到许可的。

他只能强行实施了。

为了成就爱，必须软硬兼施，缺一不可。

气乐堂的手在乳罩的挂钩附近来回摩挲了一会儿，然后猛地用左手抱住了她的上身。

她想要挣脱，气乐堂仍然紧紧抱着她，用右手解开了挂钩。

她的胸部立刻敞开了，乳房露了出来。

如此纤细的身材，竟然有着丰满的乳房。

气乐堂很想看清全貌，但是他告诫自己“要稳着点”，于是一直用双臂抱着她，没敢造次。

这样过了几分钟后，由于她的胸部完全敞开，气乐堂已经充分感受到她的体温，但自己两腿之间仍然没有任何动静。

“还是不行……”

气乐堂又一次感慨着，将右手朝她的腰部移动。

有贺律师仍然依偎在气乐堂的胸前。

而且，她的胸罩已经被去掉，只剩下内裤了。

气乐堂左手轻轻抱住她，右手在她的腰部与臀部之间来回抚摸着。

这里的皮肤也非常细滑、温暖。

他充分享受了这细腻的皮肤后，悄悄地将手指伸向她的臀部时，她再次扭动起身子来。

“对不起，对不起，我现在不会去那边的。”

他克制着想要说出来的冲动，暂时缩回了手，不过转眼间又将手指再一次探进了她的内裤。

爱是需要耐心的。

说实话，年轻时候的他做不到这样缓慢推进。

两个人一到了床上，他便会发起冲锋，有时候会惹得女友生气。

“再轻一点儿，温柔一点儿好不好？”尽管对方这样要求，他还是做不到。

这方面固然有男人控制不住局部躁动的原因，同时，本来要让女方接受也不是那么容易的事情。

什么东西、用怎样的方式进入自己的身体，只有在对方了解并接受了的前提下，才是可行的。

二者相比的话，接受的一方谨慎小心也是很自然的。

女性讨厌性急的男人是可以理解的。

但是现在，气乐堂根本没有着急。

一方面是因为上了年纪，有经验，更主要的是因为最关键的东西非常老实，没有声息。

此时他没有任何理由急不可耐了。

气乐堂的心情，她应该完全了解，也并没有打算回避下面要做的事。

尽管气乐堂没打算跟她做爱，但还是想脱掉她的内裤。

只要去掉它，她就赤裸裸的了。

气乐堂若无其事地把右手放在她的腰部，摸到了内裤的边缘。

只要把它直接拽下来，就万事大吉了。

但是气乐堂打算尽可能轻柔地慢慢地把它脱下来。

他把右手稍稍伸进内裤里一点儿，上下左右地来回移动。

这样不停重复着这个动作，直到手和她的臀部的感触融为一体时，气乐堂用右手揪住内裤边缘，猛地一下拽了下来。

她立刻“啊”地叫了一声，腰部往回一缩，气乐堂的手就悬空了。

其实这也是很自然的。

自己也太得寸进尺，急于求成了。

气乐堂的下身更贴紧了她，彼此的性器官已近在咫尺了。

可是气乐堂的那个地方还是老样子，根本不动弹。

气乐堂一瞬间闭上眼睛，对自己两腿之间暗喝道：“随你的便吧。”

我不会像其他男人那样，就此软弱地溃败下去。我要从这里站起来，重振自己的雄风。

怀里抱着女人，气乐堂下定了决心。

“我要使出浑身解数，让她快活似神仙。”

决心已定的气乐堂，先搂住她，再次接吻之后，对她嗫嚅道：

“好美的身材啊。”

这是第一次和她拥抱时就感受到的。

“真是太好了……”气乐堂发自内心地感叹着，重新抚摸起她来，手从她的肩头到后背，再从腰部到臀部，来来回回地游走。

“真顺滑啊。”

这话一点儿不假，在抚摸她的时候，她身上所有的皮肤都变得水灵灵的，光艳照人。

看样子她似乎没有受到过这样的爱抚。

以前她应该是和男性接触过的。像她这么优秀的女性，一定会有一两个男人认真追求的。

不过，从她至今没有结婚来看，也许是还没有遇到特别让她动心的人吧。

这些都不是自己应该关心的。现在最重要的是如何才能让她愉悦无比。

要让她愉快得全身仿佛要融化一般。

气乐堂重新把她的下半身搂紧，从腰部抚摸到臀部，并且不时地拐进大腿之间。

每当此时，她的腰部就往回缩，在气乐堂执着的爱抚下，她才逐渐放松下来。

气乐堂保持着这个节奏，从背部抚摸到腰间，时不时触摸一下她的胯下。

他一边这样缓慢地反反复复地抚摸，一边让她面朝上平躺着。

不言而喻，这样的话，更容易触摸其胯下。

接下来，他的手开始在她的私处周边徘徊起来，有意无意地碰到那个中心点。

“我喜欢你。”

这句话千真万确是他的心里话。

毫无疑问，气乐堂现在比任何人都爱这个女人。

他重复了多遍这个动作之后，才逐渐深入腹地，那里早已变得柔软而湿润了。

可以确定她已经有了感觉。

因为只要他的手指一触到最敏感处，她就会发出娇嗔的“啊”的一声，并扭动腰肢。

气乐堂的手指故意似触非触地在那一带游走起来，不时地挑逗其敏感之处，同时确认那里已然充分湿润了。

到达这个程度，到底用了多长时间呢？大概有十分钟，要不就是二十分钟吧。

总之，经过充分的爱抚，气乐堂翻过手指，将手指肚朝上，轻轻挺进了有贺律师私密处的内部。

“不要……”她又一次发出呢喃，气乐堂并不理睬，轻轻地左右晃动手指。

与此同时，她轻轻地晃动着脑袋，低声呻吟着：“不行了……”

然而，气乐堂不仅没有停下来，反而加大了力度，让手指忽左忽右地跃动。

“不行了……”

由于被气乐堂的手指控制了最敏感的地方，她忍不住发出了呻吟，气乐堂仿佛没有听见似的，继续着爱抚。

现在，气乐堂产生了一个残忍的念头。

从刚才开始，她就一直被气乐堂轻轻按在床上，她最敏感的地方一直在受气乐堂手指的“折磨”。

此时她早已从里到外，从头到脚都熊熊燃烧起来了，眼看要攀登到快感的最高点了。

但是，气乐堂的爱抚还在继续。

“啊……”她越是叫喊，爱之鞭笞就越加密集。

难道说自己现在变成一个残忍的行刑者了?

“不错，我就是个行刑者。”

即使到了这个地步，他最要紧的胯下依然没有勃起的意思。

可是，不，现在已经没有什么可是了，它起不来了。气乐堂仿佛在把自己的满腔怨气撒在她的私处一般，无休止地折磨着那里。

这就是复仇，是代替起不来的胯下之物而蓄谋已久的复仇。

“还得加把劲，叫她好好尝尝这个滋味。”

气乐堂的手指更加快速地移动，抚弄起来。

“真的，不行了……”她终于发出了声嘶力竭的喊声。

看样子自己已经将她驱赶到了无路可退的地步。

“那么，就上去吧。”

就在气乐堂冷冷地再次揉捏了一下那个敏感的小东西时，她“啊——”地喊叫着，同时，使劲抱住了气乐堂。

气乐堂也紧紧抱着她，小声说：“我绝不放你走。”

此时抱在怀中的她就不用说了，无论是最初不那么顺从的她，还是今天在气乐堂手指的刺激下变得无比疯狂的她，都无比可爱。

“我喜欢你。”

现在，她在气乐堂全力以赴的爱抚下，逐渐开始燃烧，最终达到了高潮。

这一过程，正如气乐堂所预计的那样，分毫不差地实现了。

“谢谢你……”

可能的话，气乐堂真想这样向有贺律师低头致谢。

不用说，气乐堂的那个地方依然故我，静悄悄的，没有发挥一点儿作用。

在它没有参与的状况下，她登了顶，令气乐堂万分喜悦。

即便没有它效力，也能够满足她。气乐堂意识到这一点后，又有了作为男性的自信。

“因为我是个男人。”气乐堂在心里悄悄说道。

能让她如此满足，就是个地道的男人。

虽说同为男人，但不能让她这般满足的男人数不胜数。

有些男人，即便那里勃起了，却拘泥于它，一点儿也没有能够让女性愉快。

和他们相比，自己才称得上是男人。

自己能够做到为她竭尽全力，把她推上快感的顶峰，所以，正是男人中的男人。

气乐堂暗自说道，暗自点头。

“以后就用这个法子让她飘飘欲仙吧。”

现在，气乐堂对自己的身体终于能够找回自信了。

第十一章　老同学

在秋意渐浓的十一月初，气乐堂参加了同期毕业的老同学聚会。

地点在母校附近的纪尾饭店的宴会大厅。气乐堂六点钟准点到达那里后，看到人已经来得差不多了，他们正一边喝着啤酒和红酒，一边兴高采烈地聊天。

和气乐堂同届的毕业生有八十多人，除了几名去世的以外，其余的都很健康，仍然从事着医疗工作。

当然也有人在大学里当教授，但他们几乎都是一到六十岁就退了休，或是像气乐堂这样自己开诊所，或是在私人诊所工作。

气乐堂一走进宴会厅，就有几个人迎了上来，跟他打招呼：“嘿，你好吗？”

说实话，身体倒是好得很，只是刚刚变成性无能了。

这种事自然不能说出来，气乐堂马上拿起一杯兑水威士忌，跟几个人干了杯。

“听说你在青山那儿开了一家名字很有趣的医院？”同期好友石原问道。其他几个人都竖着耳朵在听。

“听说叫什么乐乐医院？”

“不是，叫气乐堂医院。”

见大家面面相觑，气乐堂讲起了这个名字的缘由。

“嗯，有意思，你还真能琢磨。”

石原的专业是内科，曾经在横滨的公立医院当院长，听说大约五年前，在横滨自己开了家诊所。

“听说因为这个名字，你的诊所马上就火起来了？”

“也没有那么火。因为只有门诊，没有住院部。”

“也是啊，到了咱们这个年纪，住院部太麻烦了，顾不过来。”

他们正聊着，干事走上了高台，大声说：“请大家坐到自己的座位上。”

所有人都坐下来后，干事首先提议向过去一年去世的三个同学默哀，之后，请每个人汇报自己的近况。

同学们大多是七十三岁到七十五岁的年纪，和气乐堂差不多。

一边听着同学们的近况报告，气乐堂忽然冒出一个念头，这些哥们儿的性生活是怎么一个情况呢？

他又环顾了会场，大家看上去都很健康，但出席聚会的大约只有五十人，也就是说，来了不到百分之七十的同学。

如此说来，其他的人是因为有事来不了呢，还是因为得了病，正在休养呢？

学生时代很要好的北村、森下、江口都来了。

看着老同学们的面容，气乐堂想，这些男人的性能力现在是什么样的呢？

他们都和气乐堂的年纪不相上下，所以即便已经成了性无能也没什么奇怪的。

但是，这种事怎么好贸然去问人家，所以他暂且和他们聊些现在在哪儿工作，或者一直工作的医院如何如何，等等。

有的同学的儿子也当了医生，父子俩一起经营医院，生活过得十分惬意。

那么，大家都没找个情人吗？

气乐堂总是爱往这方面想，而大家都倾向于谈论药价标准，或医疗保险之类的话题。

于是，气乐堂也只好跟着大家聊这些，宴会结束后，关系比较近的同学结伴去了二次宴会。

一共有五个老同学。他们去了附近的酒吧，面对面地坐了下来。

他们在学生时代就常来这家店，但现在这家店已经变宽敞了，装修也豪华了。

“我记得原来这个柜台里，有一个叫真纪的可爱的女孩子。”

北村这么一说，大家都点点头：“是啊，是啊……”

“最后她到底是被哪个家伙追上了？”

“大概是上一届的高泽吧。”

“是他吗？”

毕业已经四十多年了，那时候的事情已经忘得差不多了。

“各位身体还好吧？”

气乐堂这么一问，四个人一齐点头，但森下说“最近眼睛越来越花了……”，北村说“血压有点高……”，江口说“腰老是疼，正想去你的医院瞧瞧呢”。

这些都不是什么大毛病，气乐堂放了心。

喝着喝着北村突然打开了话匣子：

“这人一过七十岁，身体就会更加衰弱，这是没办法的事。一般来说，人的寿命也就是七十五六岁。”

北村以前在地方医科大学当过教授，所以说起话来完全是讲课的口吻。

“从七十五岁开始，就属于高龄老人医保的对象了，这样划分才是最合理的。”

虽说大家距离七十五岁还有两三年的时间，但眼下的气氛还是有些沉闷。

为了让大家打起精神来，森下和江口又要了兑水威士忌，气乐堂要了红酒。

“不管怎么说，从七十五岁开始，就要经常往医院跑了，医疗费也增多了。”

北村说的虽然是那么回事，但气乐堂对这些并不太关心。

他倒是很想问一下：在座的各位，现在下半身的情况怎么样？penis 现在还能勃起吗？

气乐堂喝了一口红酒，若无其事地问道：

“请问各位，现在有没有女人啊？”

一瞬间，森下和江口呆住了，沉默了一会儿，北村反问道：

“你有吗？”

“嗯……”气乐堂立刻点点头。

石原说：“对了，我忘了，你现在没有家室。”

“嗯，是这样。”

短暂的沉默过后，森下小声道：“不过……像我们这样的年纪，哪个家伙还有女人哪。”

众人相互对视着，陷入了沉默，终于，北村干咳了一声：

“这可不好说，有的人有吧。”

之后又没有人说话了。

于是气乐堂壮着胆子问道：

“我想知道，你们那地方现在怎么样啊？”

“什么地方？”石原反问道。

气乐堂慢慢点点头，说：“还用问吗，当然是 penis 啦。”

“啊……”大家听了都瞠目结舌，立刻低下头去。

看样子没有人想到气乐堂会提出这么个问题。

大家都是同届的同学，是不必有任何顾忌的伙伴。

所以气乐堂才下决心问的，可是，没有一个人回答他的问话。

也许是这个意料之外的问题让他们不知所措吧。或者是因为这是他们最不愿意听到的问题，所以不想回答吧。

但是气乐堂不管这套，非要打破砂锅问到底。

“你现在怎么样？”他先对右边的森下问道。

“嗯……”森下为难地点点头，“怎么说呢……”

这算什么回答。

于是，他又问北村：

“你呢……”

北村原来是医科大学的教授，气乐堂以为他的回答多少会有些内容，可是，北村只是苦笑了一下，说：“已经到了年龄喽。”

北村这话的意思是不行了，还是有可能呢？气乐堂想听到明确的回答，他却不再开口了。

这回轮到了江口。

“你呢？”

江口立刻喝干了大杯苏打威士忌，然后干脆地回答：

“这种事，有没有无所谓啦。”

“不对……”气乐堂立刻摇了摇头，“这可不是无所谓的事。”

毋庸置疑，对气乐堂来说，这是一件重大的事情。

说实话，刚刚发现这个问题时，他受到了巨大的打击，自己作为男人的自尊心仿佛被彻底剥夺了。

“那件事，应该说……”

气乐堂刚说到这儿，江口就反守为攻：“你不行了吗？”

“我……”气乐堂实话实说，“从今年开始的，前不久发现不行了。”

大家立刻睁大了眼睛。气乐堂接着说道："就是说，现在彻底不行了。那个事我已经死心了。"

由于气乐堂自己坦然相告，大家的表情似乎轻松了不少。

于是，石原小声说："其实，我也是……"

听到这儿，森下和江口也轻轻点了点头。

"不过，那个地方即便起不来，也没什么关系啊。"石原说完还看了看大家，仿佛在问：对吧？

"而且，女人是有，可也只有老婆，老夫老妻的，也没那个心劲了……"

石原是想说没有进行性行为的欲望了，他的心情气乐堂也很理解。

的确，男人一过七十岁，夫妻之间还有性生活的可能非常少了。

"你呢……"气乐堂用眼神问江口，江口也点点头，表示同意。

"等一等。"

气乐堂突然问江口：

"你不是 Uro 吗？"

Uro 是德语 Urologie 的简称，是泌尿科的意思。

江口一直是泌尿科的专家，而且现在也是。

"Uro 不治疗阳痿吗？"

江口慢慢摇摇头："不治疗，因为那个不是病啊。"

"可是，伟哥不是你们开的吗？"

"但是，对于完全的阳痿，伟哥也没有……"

江口似乎想说，由于年纪太大而阳痿的话，吃药也是不起作用的，但是，这件事对于当事人而言是比得病更严重的问题。

"平均大概多少岁变成阳痿的，有没有这方面的研究资料呢？"

"还没有。"

江口淡淡地摇摇头。

“可是，应该进行研究啊。”气乐堂进而鼓动道，“老年男子都很在意这个事的。有关阳痿出现的年龄段及其对策，都应该是重要的研究课题啊。”

对于气乐堂提出的泌尿科也应该将阳痿出现的年龄及其对策纳入研究范围的意见，大家都没有表态。

就好像这种事跟他们没有多大关系似的。

其实，变成性无能的时候，大家都受到了不同程度的打击。尽管他们没有对别人说，但都会变得心神不定的。

“我觉得很受打击。”气乐堂实话实说，“因为我觉得，这样就不是男人了。”

听到这儿，北村微微点点头：“说的也是啊。”

“你是什么时候发现的？”

气乐堂一问，北村想了想回答：“大概是去年吧……”

然后将视线转到石原身上：“是那时候吧？”

森下也缓缓点了点头。

看起来大家都是在这一两年间成了性无能的。

也许相差不止一两年，但由于气乐堂说了今年，大家也都附和着这么说的吧。

“反正我觉得很受打击，还跟各种女人试了试。”

“你有那么多女人啊。”

石原故意调侃气乐堂，举座大笑。

“没有老婆，没法子。”

“那可够你受的。”森下故作吃惊地说，然后问道，“结果呢？”

“和谁上床也没有用。”

石原听了立刻点点头：“没错，起不来就是起不来了。”

听石原这话，不举了之后，他好像还挣扎了一段时间。

“可是，怎么没有人去医院看，找医生解决啊？”

气乐堂一问，江口慢慢点点头：“只是不举的话，不会来医院的。”

“我觉得跟医生咨询也没什么不好意思的。”

“可是，人们知道咨询也没有用。”

江口代替患者这么回答，可事实真是这样吗？

气乐堂对于江口所说的患者的心境抱有怀疑。

肯定有很多男人觉得，这种情况去找医生也治不好吧。

这是上了岁数就会摊上的毛病，没办法医治。他们这样想也情有可原。

但是，其中也应该有曾经服用过伟哥或其他壮阳药的男人。

难道他们也不会去找医生咨询，还有没有效果更好的药，以及改善这种状况的办法吗？

“也许是一想到自己的年龄，就觉得该放弃了吧。”

江口说的也许是对的。

如果是六十岁的话，即便遇到这种情况，还不会就此死心的，还会再试一试的。

可是，一旦过了七十岁，人们就觉得差不多该死心了。

的确，年龄是至关重要的。

其实，气乐堂如果是六十岁的话，多半不会这样轻易放弃的。

那时候，他就是靠服用伟哥维持宝刀不老的。

然而，过了七十岁，气乐堂已经不再抱希望了，反正吃什么也没有用了。他开始告诫自己，再怎么折腾也是徒劳。

而且，眼前的这些同学似乎也都是这样想的。

“原来如此……”

气乐堂再次点点头。看起来，大家几乎是前后脚地失去了性能力。

到现在，气乐堂可以接受了。

“可是……”气乐堂不禁脱口而出，大家都睁大眼睛瞧着他，似乎在问：怎么了？

气乐堂坚定地对大家说道：“我可不想放弃女人啊。”

“……”

“即便那里已经不行了。”

虽说这些话很难说出口，但在老同学面前，气乐堂可以敞开心扉。

难道说他有什么灵丹妙药，即便胯下的东西没用了，也可以不放弃女性？

大家满怀兴致地盯着气乐堂。

面对大家充满疑问的目光，气乐堂点了一下头说道：“即便是这样，仍然可以让女人快活。”

大家顿时发出“啊”的惊呼。

也难怪大家吃惊，由于阳痿的关系，关键的地方不听使唤，却能够让女性快乐，这不是天方夜谭吗？大家觉得不可思议也很正常。

于是，气乐堂进一步解释道：“我们太执着于 penis 了。”

“……”

“可是，女人的快感不仅限于性交啊。”

除此之外还有什么呢？大家都是一头雾水。

“那个不行的话，还可以用手指刺激那里……”

如果再往下说的话，未免太具体了，气乐堂只是点到为止。

“总而言之，即便 penis 起不来，也能够让女人快乐。”

不知大家是不是在听，不，大家肯定是在听，只不过好像都在思考呢。

于是，气乐堂再次对大家强调了一句：“只要有心，就能做到。”

这时，北村突然慢慢抬起了头。

“这个我明白，问题是，这样做只是让女人快乐吧？”

“没办法，谁让那家伙不听使唤呢。”

“你愿意这样吗？”

见气乐堂点点头，北村缓缓地晃了晃脑袋，不乐意地说：“我可能做不到那个程度……”

那么森下是怎么想的呢？气乐堂将目光投向他，他说道：

“我会把自己的情况如实地告诉她。”

这一点也许是大家最关心的，都没有插话，瞧着森下。

“虽说难以启齿，可也没办法。”

“……”

“由于那里不行了，不能像以前那样做爱了，不过，接吻、爱抚等应该没有问题呀。”

说得好。气乐堂不禁点点头，这时森下看了大家一圈，继续说：“也可以让她安心，让她感受到一些快乐。”

“没错。”气乐堂真想这样附和，但忍住了。

“可是，男人却得不到任何快乐，只是为女人服务……”

“不对……”气乐堂忍不住摇起头来，“为女人服务不是也挺好吗？”

“挺好？”

森下反问，气乐堂坚定地点点头：“她能够满足不就行了吗？”

“等一下……”这回森下慢慢摇了摇脑袋，“那男人怎么办呢？”

“……”

“男人只是让女人快乐的话，男人不是太可怜了吗？”

从这里开始，森下和气乐堂的想法产生了分歧。

森下的意思是，即便是性无能，也能够让女人获得愉悦，这一点上，森下和气乐堂的意见一致。但这样一来，快乐的一方只是女性，男人可是太受罪了。

森下因此而感到不满。

“你们怎么想？”

森下问大家，其余三个人仍然一脸困惑，懵懵懂懂的。

看起来这三个人还没有认真思考过这个问题。

也许变成了性无能以后，他们只拘泥于这个现实，没有心情去思考今后该怎么办。

不过，大家虽然都是医生，却各有各的想法，气乐堂觉得很有趣。

首先，在座的五个人现在都成了性无能，这是事实。

不过，对这个问题的态度，五个人各有各的想法，或者说五个人各自有着微妙的区别。

首先是北村，他认为性无能是上年纪后自然而然降临的，所以应该坦然地接受它。

也就是说，没有必要违背客观规律，使用药物或针剂来与之抗争。而且，他认定即便使用这些方法也无济于事。

而石原尽管接受性无能的现实，也认为性无能无药可医，但还没有彻底绝望。

江口则从来没有认真思考过，为什么会在这个年龄迎来性无能、今后这种状态会怎么样等问题。

还有一个人就是森下，他认为即便是阳痿了，彻底和女性断绝关系也太可惜、太遗憾了。

而且，他好像也考虑过陷入这样的窘境后，怎样能够继续和女性接触的问题。

可是这些方法都是仅仅让女性一方快乐，男性自身几乎得不到快乐，由于体会到这种单行线式的关系而放弃，或者说是断了念。

这是他的真实想法。

最后是气乐堂，他相信，即便性能力衰退了，也能够让女人获得愉悦，实际上他也是这么实践的。

在这一点上，虽然气乐堂和森下比较接近，但气乐堂并不觉得没有意思。

相反，他认为即便男人没有了性能力，也能够愉悦女人，紧紧把她们控制在自己的手掌中，并满足于此，且对此深信不疑。

这可真是五人五样，气乐堂觉得非常有意思。

的确，由此时开始，每个人的想法都不一样，做法也不一样了。

实际上很可能有的男人觉得，现在追求女性也是徒劳，进而封闭在自己的世界里。

而有些男人仍然不死心，还异想天开地在空幻的世界里流连忘返。

还有一些男人，毫无留恋地干脆放弃女人，面对老年的现实，努力去适应它。

对这个问题的态度，尽管因人而异，但像气乐堂这样只满足于让女人获得愉悦的男人，可以说绝无仅有。

这一点从刚才大家的表情中可以看出来。

一句话，像气乐堂这样，以此为契机，反而更加追求女性，和女性约会的男人真是凤毛麟角。

“不管怎么说，你很了不起。”北村看着气乐堂，断然说，“太让人佩服了。”

“别这么说……”气乐堂慌忙摇脑袋。

“即便到了这个地步，你也没有对女人死心啊。”

实际上也的确是这样，所以气乐堂不知说什么才好。

“你就这样追求下去吧。”气乐堂以为北村在说反话，没想到北村突然用力点点头，“我支持你！”

气乐堂刚要说“谢谢”，北村看着其余三个人说：“是吧，很了不起吧？”

大家听了都默默无语地点着头，望着气乐堂。

“来，现在咱们干一杯吧。”北村又举起自己的酒杯说，“为了这个家伙……”又赶紧摇摇头，“不对不对，为了这个好色鬼，干杯！”

大家一起举起酒杯，一口气喝干了杯中酒，还拍起了巴掌。

“加油啊！”

在同学聚会上，竟然聊了半天这种话题，气乐堂再次感受到了同学情深。

一个小时后，聚会结束了，对气乐堂来说这是个愉快的聚会。

老同学对他提出的这个最令人忌讳的话题，坦诚地发表自己的看法，大家都毫不隐晦地各抒己见。

尽管每个人的想法都不一样，但最后都认同了气乐堂的看法。

说实话，气乐堂向他们坦白现在自己做的事，很不好意思，而且也没有自信能够得到大家的认同。

意料之外的是，大家都很爽快地理解了他，还为他干了杯。

这是多么亲密无间的老友聚会啊！

像他们这样毫无顾忌地交流性能力衰退的难言之隐，以及该怎样去面对，采取什么有效对策等的聚会，真是没地方去找啊。

正因为是从年轻时起就彼此熟悉、交情甚好的同学，才能够做到这一步。

气乐堂再次回想那几位同学的面容，独自点点头。

看来石原、北村、森下和江口他们都是近几年变成性无能的。

大家几乎是在同一时期变成了性无能，令他们感到些许欣慰或共鸣。

倘若有一个人说“我还能行”的话，其他人很可能立刻就无精打采了。

没有这样炫耀自己的人，大家才能觉得愉快或者安心吧。

性无能这个事实，几乎在同一时期造访了大家，仅仅得知这一情况，就足以使每个人感到心安，或坦然接受了。

不过，接受的方式却是因人而异的。

有的人觉得没办法，只好老老实实地接受了；有的人还不死心，竭力挣扎；有的人自暴自弃，听之任之。也有的人进而追求新的女友，继续爱下去，而且是不依赖那个东西，通过语言和手，以及全身去满足女人。

这个方法大家是否接受姑且不论，至少都能理解他。

“我一定要将自己的方法坚持到底。”

气乐堂又一次鞭策自己。

第十二章　京都之旅

随着秋天的到来，日照时间迅速变短了。

夏天时，即便到下午六点，天也挺亮的，但现在一过五点，天就黑下来了。

但是气乐堂的医院依然非常繁忙，平日没有休息的时间。

因此，十一月中旬的一个周末，他邀请有贺律师一起去京都旅游，她很痛快地答应了。

说不定她也正想离开东京，出去散散心呢。

“差不多到赏红叶的时候了。”他这么一说，她立刻爽快地回答：“真高兴。”

这段时间，她越来越能够坦率地表达自己的心情了。

这是不是也说明她越来越依恋气乐堂了呢？气乐堂觉得她更可爱了。

按照计划，他们乘坐星期六上午的新干线前往京都。

她身着白色立领毛衣和白色紧身裙，外套一件驼色羊绒外衣，看着既暖和又洒脱。

按照预定时间，他们下午一点到达了京都，气乐堂直接带她去了东山附近的一家饭店入住。

透过这个饭店的窗户，就可以看到东山的红叶。

两人在房间里尽情观赏了红叶后，气乐堂对有贺律师说：

“今天我必须去一个寺院，你陪我一起去吧。”

气乐堂等她打扮好之后，两人一起在饭店门口坐上了出租车。

“您想去哪儿？”

“去双丘。”

即便气乐堂告诉她去哪儿，她也不知道在哪个方向。

“是在西边，和这边相反的方向。那边有一座叫法金刚院的寺院。我想去那里看看……”

在这红叶尽染的季节，京都的每座寺院里都能观赏到美不胜收的红叶。可是，为什么气乐堂偏偏要舍近求远，去那个寺院呢？有贺律师好像有些不解。

于是气乐堂给她讲解起来：

“因为那是鸟羽天皇挚爱的待贤门院[1]曾经住过的寺院。”

于是，有贺律师对那个寺院有了兴趣，问道：“您以前去过那个寺院吗？”

“去过，春天的樱花时节去过。虽然寺院不太大，但是水池前面的八重樱和红枝垂樱盛开，红艳艳的，让人陶醉。”

“那么，现在那里有没有红叶？”

“秋天我还没有去过。”

“可是……”有贺律师看着气乐堂问，“您为什么对那个寺院感兴趣呢？”

“其实是因为……”这是他必须说明之处。

“曾经是鸟羽天皇的中宫的璋子，重建了双丘的寺院，起名为法金刚院。从那时到现在，它一直是远近闻名的寺院……”

1　待贤门院，即藤原璋子，日本第72代天皇——鸟羽天皇的中宫。

气乐堂又补充道：

“从前，西边具有京都风情的山很多，于是贵族们争相在山上建了山庄。”

气乐堂拿出了随身携带的小记事本，以便说明。

“待贤门院建立这个寺院的时候，正值末法思想盛行的时代，在那个时候，人们认为诚心祈祷、信仰阿弥陀佛的话，死后就会被接到极乐净土去……”

她立刻点点头：“这是您从哪里看来的？”

突然被她这么一问，气乐堂坦率地回答：

“其实是在小说里看来的。我很受感动……”

有贺律师好像理解了，使劲点了点头。

“我也想去看看。”

待贤门院真正爱的人并非鸟羽天皇，而是他的祖父白河法皇，那是一种非同寻常的忘年之爱。

白河法皇对待贤门院执着的爱，与自己对有贺律师的感情好像很相似啊，气乐堂心里想。

正值周末，路上车很多，所以他们到达双丘的法金刚院时，已是下午三点多了，太阳已经偏西。

虽说是正门，其实只是一个小门，游人可以自由进入。

穿过小门，迎面就是正殿。他们拜过供奉在里面的本尊阿弥陀如来坐像和十一面观音坐像后，走出了正殿。

“真美啊！”一走进庭院，有贺律师立刻被红叶吸引，快步走到枫树跟前，仰头观赏。由于正殿的墙壁是白色的，把红叶衬托得越发红了，煞是好看。

他们追逐着美不胜收的红叶继续往前走，左手边出现了一个池塘。

“你看，红叶倒映在池塘里呢。”

有贺律师欣喜地望着池塘里的红叶倒影，和池边的红叶来回比对着。

“真美啊！这地方。”

看样子她非常兴奋。

气乐堂点了点头，指着左边的森林说：“以前那里面好像还有个瀑布。”

“真的？是平安时代修的吗？”

现在还能看到瀑布出口，不过在那个没有电力的时代，引水上山一定是非常不容易的。

“这里又幽静，又美丽，太好了。”

有贺律师伸开两臂，尽情地呼吸着秋天清爽的空气，眺望着环绕池边的红叶。

带她来这儿真是来对了。这个时节，别的寺院都是游客如云，拥挤不堪，而这里由于地处京西，游客一般很少光顾。

“这个寺院原来是白河法皇的。”

“把它送给了中宫殿下吗？”

“是的。是法皇让她住在这里的。对了，你看过待贤门院的样子吗？”

“能看到吗？”

“我跟住持说说看。”

待贤门院的画像一般是不公开的，但气乐堂今年春天来赏樱花时，也求住持给他看了，所以，估计问题不大。

气乐堂拉着有贺律师的手，绕过池塘，朝正殿走去。

法金刚院的住持大概还记得气乐堂，所以在气乐堂的恳求下，住持请他们进里面去，给他们看了待贤门院璋子的画像。

待贤门院于永治二年（1142 年）二月末落发出家，画上画的大概是她出家后的姿容吧。

她身着淡蓝色的法衣，头上披着白色的头巾，两手捻佛珠，微微垂下眼帘端坐着。

那时白河法皇已经驾崩，待贤门院也有四十多岁了，她的眼角和容颜虽然现出些许老态，但仍然保持着优雅端庄的美貌。

“漂亮吧。”

气乐堂这么一说，有贺律师慢慢点点头，轻轻说：“甚至有些妖艳呢。”

的确，这张画上，渗透着超越了单纯美貌的享尽人间荣华富贵的女性的落寞。

“太美了……”

有贺律师仍然不想离开似的，久久凝视着画面，可是，不能这么看个没完。

“那，我们告辞了……”

气乐堂再次向住持施了一礼，站起身来。

从正殿出来，他们望见庭院里的红叶倒映在池塘里。

“这个寺院真的很美。”

有贺律师为这个寺院的美感叹不已。

“要是能在这里度过余生的话，该有多好啊！”

“璋子是白河法皇最爱的女人，但同时也是天皇的中宫，而且还成为了天皇的母亲，就是国母呢。”

“可是，她本来就是法皇的情人啊。法皇为什么让她和天皇结了婚，还让她生下自己的孩子呢？”

“这是法皇为了赋予她荣华富贵，强迫或者说是哄骗天皇的结果。”

“竟然是这样……”

有贺律师惊讶极了。

他们一边谈论着白河法皇与待贤门院的爱情，一边游览了双丘一带的寺院，回到京都市内后，天色已经暗下来，该吃晚饭了。

气乐堂把有贺律师从四条大路带进了一条细长的小胡同里的和式料理店“味舌”。

“在这么小的胡同里也有饭馆啊。”

“过去，在大马路边上的饭馆，由于地方宽大而被征税，所以就出现了这样的饭馆。”

“真有趣。”有贺律师回头望着小路，感叹道。

这家料理店只有九个座位，两个人并排坐在了最里面。

“您经常来这儿吗？”

“是的，来京都的话，肯定会来。”

鲷鱼先上了桌，之后信田卷等逐一端了上来。

气乐堂要了壶烫清酒，也给有贺律师斟了一杯。

尽管她推辞着“我不能喝”，但今晚无论醉成什么样，也不要紧，反正是一起睡觉。

今天你可跑不了了。气乐堂正暗自得意时，有贺律师却问起了别的事：

“可是，白河法皇的年龄不是比待贤门院大很多吗？”

“那当然了。”

气乐堂一边喝着烫热的清酒，一边回答：“比她大了近五十岁吧。”

“那么，他们怎么会有孩子？”

“那时候孙子鸟羽天皇已经继位，他已经不是天皇了。不过，两个人经常秘密约会，使得待贤门院怀了孕。”

“这种事，怎么可能呢？”

“虽说是法皇，但是他比在任的天皇还要有权势啊。”

也许是太吃惊了，有贺律师望着空中叹了口气。

“只要是喜欢一个人，什么都可以为她做。法皇的晚年，就像是为了璋子而存在似的。”

气乐堂嘴上一边这么说，心里一边想着自己也是这样的。

现在的气乐堂同样是无比爱恋有贺律师，只要是自己能做到的，为她做什么都心甘情愿。

回到饭店后，宽大的房间里并排放着两张床，床上各放了一套睡衣。

接下来，他们要做的就是共度良宵了。

但是，气乐堂又从冰箱里拿出一瓶啤酒，给她倒了一杯，一边说“你少喝一点儿就行”，一边自己喝了起来。

大概是托出来旅游的福吧，心情放松多了。

“你能和我一起来京都，我很高兴。”

这是气乐堂的心里话，她好像也很有同感。

“您带我来京都走走，真是太好了。”

的确，如果在东京的餐厅里吃饭，然后去青山的寓所的话，是不会有这种解放感的。

而且最让人高兴的是，今天晚上两个人可以一起待到明天早上。

“真想让你也喝醉啊。”

“不行，我不能再喝了。”

她摇摇头，眼圈已经泛红了。

此时此刻，她衣服里面的乳房和富有弹性的臀部变成什么样了呢？

气乐堂想象着，不用着急，待会儿自然可以欣赏到。

“你想泡澡吗？”

“您先泡吧。我泡澡时间长。”

气乐堂只好站起来先去泡澡了。

泡进浴缸，洗去身上的汗，不到半个小时他就出来了。穿着浴衣回到房间里，看见她坐在镜台前。

“你现在去泡吧。”

他这么一说，她很顺从地进了浴室。

现在她大概已经脱光衣服进入浴缸了吧？气乐堂这样想象着，浑身燥热起来。

“说不定那个地方有可能……”

这么想着，他摸了摸胯下，那里依然与己无关似的静悄悄的。

“知道了。”

他不知道是对谁说话，点了点头，倾听起浴室那边的动静来。

差不多一个小时之后，她才从浴室出来。

看来她是喜欢泡长澡。“泡了这么长时间，对不起。”她不好意思地说道。

也许是因为洗去了妆容，她低着头走到自己的床边，穿着浴衣的样子非常妖冶。

见她径直走向自己的床铺，气乐堂就叫她：“到这边来……”

看她站在那儿犹豫着，气乐堂一把把她拉了过来。

“太高兴了……”

说真的，气乐堂做梦也没有想到能够在京都搂抱刚刚出浴的她。

这样紧紧拥抱着，气乐堂感受到了她的体温。

这样穿着浴衣，被男人紧紧搂抱，她一定也沉浸在新鲜的感觉之中。

她顺从地依偎在气乐堂的怀里，一动也不动。

两人都穿着浴衣相互拥抱的感觉也很美妙。

她的领口虽然合拢着，但很容易打开。

被这诱人的浴衣领口勾起了好奇心，气乐堂先将右手伸向她的肩头，然后慢慢地把浴衣往下拽。

浴衣滑下肩头，她白如凝脂的皮肤立刻呈现了出来。

她慌忙扭动身体，但已经晚了，她的肩膀已经露出来了。

两个人还这样站着的话，只能令她更害羞。

所以，还是去床上吧。于是，气乐堂紧紧搂着她，来到自己的床边，两人一起倒在了床铺上。

“好了……”

到了现在这个地步，让她全身赤裸只是时间的问题了。

然而到了床上，气乐堂仍然不急于这么做。

即便他什么也不说，她的浴衣也会自然敞开，露出酥胸的。

而现在气乐堂最想要传递给她的信息是，自己非常非常爱她。

“我太喜欢你了。”这话用语言表达很容易，但他更想用身体来诉说。

他想要通过更加温柔的拥抱来传递情感。

尽管他并没有去拽，但她的浴衣前面已经敞开了不少。

既然如此，不如干脆解开她的腰带，让她感觉舒服些，更放松些。

气乐堂打开她的浴衣前襟，把浴衣脱了下来。

她立刻紧张了起来，他再次抱住她，仿佛在安慰她不要紧张似的，又开始慢慢抚摸起她的后背来。

现在她只穿着白色的胸罩和内裤。

几分钟之后，气乐堂解开了她的胸罩搭扣，她的乳房刚一露出来，就被他轻轻含住了。

她马上扭动起来，仿佛感觉酥痒似的，气乐堂并没有松开嘴唇。

她又发出了呻吟，但气乐堂仍旧一边用舌头爱抚乳头，一边慢慢脱她的内裤。

到现在为止，一切都是按照气乐堂预想的程序进行的，尽管每推进一个步骤她都在抗拒，但并没有完全拒绝。

能够让那样拘谨刻板的有贺律师达到这个程度，正是气乐堂坚持与努力的结果。

不久，内裤也被脱下来，她已经一丝不挂了。

一如既往，依然是那苗条的身材，柔软而温暖的肌肤。

这才是女人的身体，气乐堂一边感叹，一边将手从她的后背向腰部滑下去，慢慢地伸向她的下体。

虽说已经没有任何障碍了，但气乐堂并不急于推进。

他的手若即若离，似触非触地在她的私处徘徊起来，手指忽左忽右地缓慢移动着。

不一会儿，她发出了“啊”的一声，轻轻摇晃起头来。

看样子她是忍受不了这执着的爱抚了，气乐堂装作没有听到一样，手指一刻也没停。

关键的地方一直在睡大觉，根本不启动，因此气乐堂也就不可能被它干扰或催赶了。

正由于这样，如果对方要他这样一直爱抚下去，他也能够坚决照办。

这样缓慢地忽上忽下、忽左忽右地触摸之后，他突然将中指翻过来，手指肚朝上，伸进了她的秘所里。

就是这里。这里是女性性器官的最敏感之处。

他先是横向，然后是纵向地反复移动着中指。

此时，她正受到那个手指无情的折磨。

随着手指的移动，她不时挺起腰身，仰着头发出“啊啊……”“不行了……”的喊声。

现在，他可以随意处置她，哪怕是让她去死，她都会听从的。

但是，气乐堂还想再这样搅动女人的身体，让她多享受一会儿。

于是，他把她的腿死死按住，让她无处可逃，然后再次将中指置于敏感之处。

这样缓慢地移动时，她不断发出“不要……”“啊啊……”的声音。

但是，气乐堂并没有因此而停下。

他的中指一会儿上一会儿下，一会儿左一会儿右地来回滑动，终于，有贺律师到达了极限。

她拼命地摇着头，叫了一声“不行了”，疯狂地甩着头发，紧紧抱住气乐堂。

气乐堂正面抱住她，将自己的左腿伸进她的胯下，右腿压在她的腿上面，包裹住她。

他就这样紧紧抱住浑身颤抖的女人，一动也不动。

此时此刻，登上峰顶的快感一定已经渗透了她的全身。

让她尽情地享受这无比的愉悦吧。

现在气乐堂的臂弯里躺着的，既不是聪明的女律师，也不是干练冷静的女士，仅仅是一个沉溺于爱情，因快感而全身震颤的纯粹的女人。

只是这样拥抱着女人，气乐堂就心满意足了，他全身都感受到了无比的满足。

这样过了大概十分钟的样子。

气乐堂刚刚松开一点儿搂住她后背的手，她反而更紧地搂住了他。

她的意思是还想要这样拥抱下去。

气乐堂当然没有意见了。

气乐堂稍微松开搂抱她的手，重新从她的后背抚摸到腰间，她的身体再次紧紧贴过来。

显而易见，她渴望做一个全部身心都更加长久地沉溺在爱情中的女子。

明白了这一点，气乐堂轻轻地搂住了她。

她可真是个可爱的女人。

虽说殿村夫人和枫千裕也非常可爱，但此时，她比她们有过之而无不及。

对于自己这个已经没有性能力的男人，她竟然这样紧紧相拥，根本不想松开。

毫无疑问，她将自己看作一个真正的男人，全身心地依恋着自己。

从她达到快感顶峰之后，已经过了十分钟，或者更长的时间。

气乐堂就此睡去都不是问题。

但是，想要睡觉的话，两条腿这样夹着她的下体，多少有点不舒服。

于是气乐堂松开了两腿，重新抱住她的身体。

虽然气乐堂没有说话，但这一肢体语言的意思是：我就这样抱着你躺着，放心吧。

仿佛明白了他的意思似的，她再次将上身贴近他，突然想起什么似的说道：“对不起。”

当然，她并不是在道什么歉。

她似乎只是为自己享受到了太多的愉悦，太放浪不羁而有些害羞罢了。

气乐堂轻轻地摇了摇头，嗫嚅道：“你太棒了。”

也许是害羞吧，她突然把头埋进气乐堂的胸前，过了好一会儿才低声说道：“您怎么……”

她好像对于气乐堂这样方寸不乱的淡定姿态有些介怀。

“没什么……”气乐堂微微摇摇头，“我感觉很好啊。”

这是真心话。刚才气乐堂虽然没有进入她的体内，却感到非常满足。

他只希望对方能够知道这一点。

“可是……”她欲言又止，好像是想问他什么。

大概是觉得问得太多了不太好，或是有她自己的考虑吧。

是的，自己已经性无能了，所以今后不能和女人发生性关系了，但只要看到所爱的女人炽热燃烧，自己就非常满足了。

而且，由于自己使出了浑身解数，对她进行了那样长时间的爱抚，气乐堂还从中感受到了十分舒服的倦怠。

倘若他这样坦诚相告，或许对方能够明白缘由，但是他还是不想说出来。

他希望即便自己不说出来，对方也能够意识到这一点。

他低头看看胸前，有贺律师依然蜷缩在自己的臂弯里。

所谓把自己整个交付给对方，就是指她现在这个样子吧。

“真可爱。”气乐堂真想这样向她说。

这样信赖自己，将全部身心交付给自己的女性并不多见。

那么……气乐堂内心突然冒出了另一个欲望：那就亲吻一下那个地方吧。

这是与之前的爱抚全然不同的，突然冒出来的念头。

可是，一旦产生这个念头，他就无法克制自己了。

要是那么做了，她一定会惊慌失措的。

她肯定会激烈反抗，气愤地告诉自己："那么羞耻的事，我不愿意！"

不行，要是明说的话，她肯定不同意。

这种时候，最好不要吭声，该做什么就做什么好了。

"要做就趁现在。"

气乐堂督促自己，再次紧紧抱住她，把脸抵在她的胸部，她并不明白他的意图。

气乐堂趁机低下头，从她的胸部滑到腹部，然后一下子接近她双腿之间。

"怎么了？"她终于察觉有些异样。

她想要缩回下半身，气乐堂却两手用力按住她的腿，将脸探进她的双腿之间。

"啊，不行……"

他当然知道不行。

可正因为不行，他才要做的。

"你要干什么？"

她想要逃脱，气乐堂强行将嘴唇贴在了她胯下的可爱之所。

就是这儿……

终于抵达了目的地。到了这个地步，死活也不能放手了。

气乐堂一移动嘴唇，就听到了"啊啊……"的叫声，分不清是呜咽还是欢悦。

此时，气乐堂眼前是她微微分开的大腿，自己的嘴唇紧紧覆盖在她那最敏感的花蕾上。

无论她怎样反抗，自己的嘴唇也不会离开那里。

这时，气乐堂忽然感觉有些异样，她突然放弃了挣扎。

刚才她一直在拼死拼活地试图挣脱他的控制，现在怎么突然间不反抗了？

她非但不再反抗，反而像被彻底征服了一般，一动不动地任由他处置。

她仿佛在说，随你的便吧，想怎么样就怎么样好了。

“那好吧……”

气乐堂进一步分开她的双腿，将舌尖对准那凸起的花蕾，温柔地左右晃动它。

此处正是聚集了女人身体所有快感的最隐秘之处。

他用火热的舌尖包裹了这个秘密花园，宛如要将一切都吸走一般。

这个世上，有哪个女人能够饱尝这么美好的爱呢？

当然是不可能有的。

“我现在正把自己所有的爱，倾注在这位非常美丽的女律师的胯下呢。”

就在气乐堂这么想的时候，她突然发出“啊啊……”的娇吟，像被电击了一般猛地挺起腰部。

这是怎么了？气乐堂立刻意识到她肯定是迎来了最后的瞬间。他慌忙抬起头来，一把抱住了她。

“求你了……”她依然呓语般地呻吟着，全身痉挛般地颤抖不停。气乐堂更紧地抱着她，对着她的耳朵说：“我好喜欢你……”

他觉得这句还不够，又加上了一句：“我爱你。”

“不然的话，我也不会这么做的。”气乐堂心里对自己说道。

不过，有贺律师似乎受到了惊吓。

看样子，她是万万想不到，他会去进攻那个地方。

虽说她对于被他拥抱或爱抚敏感之处等有着思想准备，但是，在她已经享受了极致的快感之后，她没有想到气乐堂竟然还会去吻她的下体。

而且，她竟然因此而更加疯狂地攀上了顶峰。

因过度的羞耻感，或许她感觉已经对自己失去了控制。

其实气乐堂也跟她差不了多少。

现在这么说可能有些怪异，实际上，连气乐堂也不知道自己为什么会这么做。

他脑子里唯一渴望的就是让她快乐，在紧紧搂着她的时候，忽然产生了要深入秘境的欲望。

他想用自己的嘴唇和舌头覆盖一切，或者说占领一切。

是的，自己现在已经抢走和侵犯了她的一切。

气乐堂悄悄地点点头，他忽然发现，迄今为止，自己从来没有对其他女性这样做过。

当然也包括殿村夫人和枫千裕。

“为什么呢？”

这根本不用多想。

对殿村夫人，他从来没有产生过这样的念头，也许是觉得她有老公吧。

虽然现在殿村夫人不大可能与丈夫还发生性关系，但气乐堂还是觉得她的花园已经被人侵入过了。

至于枫千裕，气乐堂自己也说不清楚，或许是因为她交往过不止一个男人吧。

然而，有贺律师一定是第一次。姑且不论她是不是处女，但她给气乐堂的印象是非常纯洁的。

所以自己才会这么做吧。

其实，这全都拜性无能所赐。由于那个地方没有捣乱或干扰，自己反而能够心无旁骛地为女性服务了。

而且自己也没有因此感到半分不满。

不但没有不满，看到女性辗转身体，燃烧起来后，气乐堂自己也兴奋起来。

甚至从中感受到了为她拼尽全力的充实感，或者说是轻微的疲惫感。

这个方法，不仅可以用于有贺律师，同样也适用于殿村夫人和枫千裕，

他要把这三个女性都牢牢地握在自己的手中。

他有三个女人，而且是三个很出色的女人。

“这样得天独厚的男人，这个世上真的存在吗？而且这个男人已经是七十三岁的高龄了。”

气乐堂自言自语着，对自己点了点头。

“肯定是绝无仅有。”

气乐堂非常肯定，继而更紧地搂住了有贺律师。

第十三章　享受性爱

进入繁忙的腊月后，气乐堂医院的患者络绎不绝。

在这样的季节，怎么会有这么多患者呢？许多人会很奇怪，但是，来看病的并不是摔伤，或遭遇什么事故的患者。

而是上了年纪的人，来看脊椎或是四肢方面的各种病症的。

例如，随着天气变冷，腰疼病犯了，走不了路，或是右腿不听使唤，或是肩膀酸疼，无法系腰带等，都是些日常生活中遇到的问题。

当然，气乐堂医院不能做手术，因此尽量给患者提供不用做手术的医疗方法。

说不定正是由于不做手术，反而给患者以安心感，于是老年人都爱来这家医院吧。

那一天，来了一位七十五岁的男性，说右大腿上边疼痛，连带着腰部感觉剧痛。

气乐堂立刻查看了疼痛的地方，并拍了 X 光片，检查脊椎和大腿的情况，结论是，那个老人很可能得了“脊椎管狭窄”。

这个病，可以在脊椎的狭窄处做手术来医治，但不做手术而治愈的例子也不少。

于是，气乐堂告诉对方可以不做手术，给患者的局部注射了镇痛剂，回家后，以稍稍弯曲骨关节的姿势静养就可以了。

“谢谢您！”

患者听到不用做手术，好像心安了一些。

说起来，这是气乐堂也上了年纪的缘故。

从病人角度来说，医生的作用举足轻重，因此比起年轻医生来，年长的医生更能够让人安心。

在这一点上，可以说是患者的运气，这些患者哪里会知道，前不久，气乐堂也曾经为性无能而烦恼不堪呢。

实际上这件事和给患者看病没有任何关系，所以，他们不知道也是很自然的。

一天的门诊结束后，已经下午五点多了，之后气乐堂要和职员们开碰头会，确认医疗保险单数等事情，所有事情处理完之后，已经过了六点。

然后，一般来说气乐堂会回自己的公寓，吃家政服务员给他做好的晚饭，也常常去参加医生聚会或各种派对。

即便是不出诊的日子，一天的事情做完后，几乎已是九点左右了。

在这之后，气乐堂才终于有了属于自己的时间，一般他会写写私信或看些书籍。

这个时候，家政服务员已经回去了，只剩自己一个人，可以随心所欲。

孤独一人时，他往往会想起有贺律师或殿村夫人。

有时候他会想，有贺律师反正是一个人，现在给她打电话，说不定能来呢。

可是，这么晚了，请人家来太不礼貌了。

见面之后还要同床共枕，让她那么晚回去，自己也不忍心。

让她住下的话，除了周五或周六晚上，其他日子都不太合适吧？

考虑到这些因素，他一直没有这样做。

还有一个原因，就是一旦开了头，会逐渐养成坏毛病的。

不但如此，很可能过不了多久，对方就会提出想要结婚之类的要求来的。

这是必须加以防备的。

要是到了那一步，就太对不住去世的妻子了。

妻子为开这家诊所费尽心血，气乐堂不想做出让妻子悲伤的事情来。

而且，他暂时还是想这样一个人生活。

一个星期日，他就是这样漫无边际地想着心事时，忽然看见电视里在播放一个名为《达尔文来了！》的节目。

这是追踪自然界动物生态的节目。

那天晚上，气乐堂看到的是关于海豹的纪录片。

阿根廷的海岸线很长，那里聚集着近百头海豹。

猛一看，如同一群羊羔卧在沙滩上，其实它们都是雌海豹。

只有一头比其他海豹大两三倍的大海豹，慢吞吞地朝雌海豹们爬去。

雄海豹个头越大的越强壮，可以独占一群雌海豹。

而相对弱小的雄海豹则只是待在旁边，看着强壮的雄海豹的举动。

尽管面前有几十头雌海豹，它们也不能接近任何一头雌海豹。

只要某一头雄海豹敢于接近雌海豹，就会立刻受到大雄海豹的攻击，落荒而逃。

真可谓是强壮的雄海豹独领风骚的世界。

这头强壮的雄海豹会跟每一头雌海豹交配，让它们怀孕。

弱小的雄海豹只能站得远远的，眼睁睁地看着。

竟有如此强弱分明、胜者为王的世界啊。

这么说来，气乐堂想起来，这个系列节目自己以前也看过，各种动物的交配画面都是非常令人震撼的。

尤其让他印象深刻的是，雄性都是竭尽全力地跟雌性交配，播下自己的种子。

其中有的动物，交配之后会精疲力竭，瘫坐下来。

还有不少动物，交配之后会气绝身亡。

对这些动物来说，尤其是对雄性动物来说，这可谓是豁出性命的爱情，或者说是以性命为代价的交配。

一边看电视，气乐堂一边为动物世界传宗接代的惨烈惊叹不已。

那些雄性动物与异性交配，无异于在拼命。

这时气乐堂忽然联想到了人类。

不知是幸还是不幸，只有人类是以嬉戏或享乐的姿态来进行性交的。

气乐堂再一次思考起人类社会的性爱的安逸性。

这不正是人类被赋予的特权吗?

人类大多数时候都是单纯为了快感而进行性爱的。

现在，人类进行的性爱九成以上只是为了享受性的快乐，为了繁衍子孙而做爱的情况恐怕还不到一成。

把这说成是人类被赋予的特权，也并非妄言。

也许有人会说，唯有这个世界上进化程度最高的生物——人类，才能享受这样的性爱。

既然性爱已经变成了享受，而非繁衍子孙所需之事的话，那么每次性爱时也就不必非要男女性器结合了。

倘若是享乐，那就应该名副其实，不必非要发生性行为了。

那么，应该怎么做呢?

气乐堂发明的就是没有性行为的性爱。

男人不使用阳刚之物，而代之以对女性诉说许多情话，当女性的心情松弛下来时，温柔地爱抚她，使其进入佳境。

这就是气乐堂发明的新型的性爱。

当然，还不能断言气乐堂想出来的方法就是最好的。

通过男人为女人服务，来代替性交，可能会令许多男人对这种方式感到不满和不理解。

这是气乐堂年龄大了，性能力衰退之后想出来的方法，所以年轻人接受不了也是很正常的。

不过，性爱原本是为了生殖而进行的，并不是为了一时的快乐。

在这件事上，女性的感觉，比起男性来或许更加强烈。

一句话，对于女性来说，性爱并非像男性那样只是单纯的射精，而是要在肉体上和心理上承受巨大影响的行为。

男人和女人的感受和想法如此迥然不同的行为，是否可以只满足男人的欲求，任其这样继续下去呢？

“不应该。”气乐堂坚决地摇摇头。

如果男人和女人都不是为了怀孕的话，就应该思考不发生性行为的享受方式。应该温柔地拥抱女人，缓慢地爱抚她们，让她们获得快乐。

也就是说，这是男人对女人投入的爱。

实际上，这样一来，男人们也会获得极大的放松。

而且既不必在意自己性能力的强弱，也不会担忧被人说长道短了。

倘若是这样轻松舒畅的性爱，每天都可以享受到。

由于 penis 不再掺和进来，使得男人能够专心致志地让女性快乐。

如果想要孩子，想让女性怀孕的时候，男人可以全力以赴地去做爱。

气乐堂点点头，嘀咕道："这也是气乐堂方式之一"。

不过，这种方法该怎样普及呢？

想到这儿，气乐堂的脑子立刻停止了转动。

因为，向一般人普及性爱相关之事，比想象的要难得多。

非常遗憾，眼下，气乐堂的想象仅仅止步于这个念头，还远远达不到让大多数人都能够接受的程度。

因此，现在必须要再次强调一下的，就是今后，男人和女人都不应该一味地追求性交。

比起这件事来，男人首先应该用语言和爱抚来让女人快乐。

要把性交当作从来没有这回事一样，用语言和自己的身体满足女性的欲求。

这样做的话，女性肯定会感到特别安心，特别愉快。

这个做法也可以推广到夫妻的性生活方面去。

夫妻之间过性生活时，也不必一定要发生性行为，可以通过语言和肢体语言来表达自己的爱，满足对方。

当然，如果丈夫不满足于此，还是想射精的话，妻子也要主动配合。

比如说，妻子可以爱抚 penis，直到男人完成射精。

之后两人紧紧拥抱，再次接吻，诉说爱意。

如果能够达到这个程度，夫妻之爱就万万岁了。

尽管没有性关系，也是真正的夫妻之爱。

夜晚，想到这些，气乐堂在自己的房间里，用力地点点头。

以前，自己用这种方法去爱妻子，她总是很高兴。

只不过因为他们只有一个孩子，所以，她一直想再要一个孩子。

也许是因为这个，她才那么积极地希望交合的。

可是，在未婚男女之间，每次约会都要求发生性行为，未免太多了吧。

比起性行为来，首先应该寻求彼此之间更深的心灵契合。

气乐堂的思绪越来越开阔了。

也许这个方法最适合老年夫妇，会受到他们的欢迎。

这是因为老年夫妇几乎已经没有性行为了。

以前，他看过的《无法对人诉说的我们的性爱白皮书》里面就有着明确的相关记载。

根据其调查，夫妻之间的性生活频率，每周一次到两次的，三十岁到四十岁的年龄段最多，占百分之十七。

而每月一两次到半年一次以下的夫妻占了半数。

按年龄划分的话，女性从四十岁至五十岁，性生活的频率逐渐降低，到了六十岁，百分之八十以上的女性回答这个频率为“半年一次以下”。

在正式的夫妻之间，这种 sexless 的状态更加明显，表示“最后一次和丈夫过性生活，是两个月以前”的妻子，三十至三十九岁是百分之五十二,四十至四十九岁是百分之六十六,五十岁以上是百分之八十一点三。

由此可以认定，日本的夫妻，尤其是中年以上的夫妻，几乎都属于 sexless 。这个结论应该是没有错的。

为什么日本的夫妻会是这样处于极端的 sexless 呢?

关于这一点，气乐堂现在可以断言了：

“这是因为夫妻之间的性生活过多。”

很多人听他这么一说，可能会抱有怀疑。

“正因为 sexless,所以才应该多做爱呀。”也许有人会这样反驳。

其实不然。气乐堂认为，结婚多年，已经有着十年二十年夫妻关系的爱侣，完全没有必要再执着于性关系了。

其实相互依偎，轻轻拥抱，接吻就足够了。

丈夫应该以此为出发点，来对待妻子。

许多人会认为，只是相互依偎、轻轻拥抱的话，不能算是性生活吧。

不过，对于多年耳鬓厮磨的夫妻来说，这样已足够了。

如果因为好久没有过性生活了，所以今晚必须做做了，这样一来反而没有那份心情了。

无论做什么事，只要一想到是在尽义务，就会兴致全无。

其实，不如相互轻轻依偎，拥抱，轻轻爱抚妻子的后背，兴致好的话，可继续在其腰部、臀部来回抚摸。

只要这样，她，也就是妻子，就会十分满足的。

再加上接吻及含住乳头等动作，妻子一定会更加满足。

只是男人一定会想，到了这个程度的话，该发生性行为了吧。

无论什么时候，男人总是把性行为看作最终目的。

然而，完全不必做这件多余的事。

多余的事？

是的，对于多年生活在一起的夫妻来说，性行为无疑已经是多余的事情了。

正是因为勉为其难地追求这种东西，女性才会认为性交令人心烦、沉重。

与其这样，不如温柔地拥抱和爱抚对方。

这些就够了。这样妻子更能够得到满足与慰藉。

这是气乐堂和几位女性经过多次尝试后总结出的“气乐堂方式”。

“对了……”气乐堂不禁喃喃自语。

“在医院里建立一个回春科怎么样？通过这个门诊，向前来求医的患者推广夫妇和睦的方法吧。”

教授这样美妙的方法，没有什么可羞耻的。

第十四章　回春疗法

现在，在气乐堂医院的医疗科目里，与“整形外科”并排，挂出了“回春科”的招牌。

路过的行人看到这个牌子，有的人直接走过去，也有的人停下来，琢磨这回春科究竟是针对身体的什么状况提供咨询的。

有的人是单纯想要变得年轻而来的。

当然这些人中，也有人是患有性功能障碍的，但没有人坦率地这么说。

在他们诉说“腰疼”，或者“腿没有劲儿”等的过程中，说到“近来感觉没有精神”的时候，气乐堂便问“那个地方感觉怎么样”，然后才能知道是这种情况。

对于这些患者，气乐堂的态度非常和蔼，非常积极。

尤其是对于“那地方没有精神……”这样欲言又止的患者，气乐堂就说“没有关系的”，对方听了都露出吃惊的神色。

于是，气乐堂会把患者请到里面的房间，让护士暂时离开。

因为这是涉及性的非常敏感的谈话，女护士不在场，谈话会比较方便。

只剩下患者和他两个人时，气乐堂对患者说：“从现在开始，你要重新振作。”于是对方会问：“这可能吗？”

气乐堂会坚定地回答："只要你想要变得健壮起来、精神起来，就是可能的。"

"那么，我该怎么做呢？"

于是，气乐堂再次询问他的 penis 状态。

到底是完全不勃起，还是有时候勃起。

进而，他会请患者如实回答 penis 的现状，包括使用伟哥的情况。

患者没有接受过这样的治疗，自然都很抹不开面儿，顾虑重重，但是当他们感觉到医生是很认真的时候，也渐渐认真了。

到了这个程度，就等于开始了治疗的第一步。

几乎所有的患者好像都对 penis 勃起失去了信心。

对于这样的患者，气乐堂首先会进行详细的说明。

"在我这里，并非治疗阳痿本身。而是告诉你，以这样的状态也能够与女人接触，以及行之有效的方法。"

说到这里，患者大多能够理解，但是会问："可是，性关系是不可能的了吧？"

"不……"气乐堂坚决地摇摇头，告诉对方，"并不会丧失肉体的关系。"

几乎所有的患者都不能理解他说的这种状态。

于是气乐堂会跟对方确认：

"你现在有女人吗？"

无论是情人还是妻子都可以。

他只是希望把方法传授给那些想要让女性快乐、愉悦的男人。

"首先要忘掉自己，理解女性的快感所在。"

然后他会拿出大厚本的解剖图鉴来，给他们看非常清晰的女性的性器官解剖图。

在一般的医院是绝对不会看到这样的图鉴的。

每一个患者都会非常惊讶，都看得很仔细。

对这些男人，气乐堂会告诉他们女性最敏感的部位及其体内的性感带。

“要轻轻地慢慢地触到这些地方才行。”

当然，在那之前的拥抱和诉说绵绵情话也不能忘记。

“女性和男性不一样，并不是单纯渴望性交的。如果没有绵绵情话和接吻、抚摸等，她们就不那么渴望接受男人。”

这简直就相当于女性学，可是如果不从这里起步，很多男人根本理解不了。

总之，男人大多只关注自己的局部是否勃起，与女性结合后是否会射精的事。

但是，这些与女性最渴求的快感是不同的。

比起这些来，女性更希望温柔的拥抱和接吻，对她们诉说甜言蜜语。也就是说，喜欢比较柔软的感觉。

性交归根结底是作为其结果而产生的一种行为。

气乐堂首先向男人们说明这一点。

“因为即便是互相接触，男人和女人的需求也是不一样的。”

气乐堂现在所教授的并非性行为本身。

而是即便不发生性行为也能够让女性满足的方法。

希望他们学习这个方法，在喜欢的女性身上尝试一下。

“那样的话，我什么快乐也得不到啊。”有的男人这样问。

气乐堂明确回答他们：“你说的不错。”

男人的那家伙的确得不到什么快感。

但是，令自己喜欢的女性身心愉悦、满足，让她把整个身体都紧紧依偎在你身上的话，你会感受到极大的快感。

这样一来，你就可以牢牢地把握住她，使她一直做自己的女人了。

比起一味担忧自己的局部能否顺利勃起，拘泥于性行为来，这样更能够尽情享受身为男人的“性福”。

“你说对不对？”

患者们听了，都非常钦佩气乐堂能够这样坦率地跟他们交谈。

“谢谢您了！”“我试试看。”他们都这样低头致谢，心情舒畅地离开医院。

有的人之后还特地来向他报告尝试这个方法的心得。他们的表情都变得非常开朗而充满自信，仿佛年轻了很多。

“好吧……”气乐堂暗自得意，对自己说，“就这样继续走下去吧。”

来气乐堂医院的回春科就医的患者也在稳步增加，已经超出了门诊的接待能力。

没办法，只好让回春科的患者在周六和周日这样的特别门诊日来就诊了。

但是，现在面临的一个问题是，由于阳痿并不属于疾病，所以该收多少费用合适，气乐堂也不知道。

气乐堂觉得这大概属于泌尿科的范畴，可是泌尿专家江口明确地说过，阳痿根本不是泌尿科的医治对象，所以问江口也没有用。

可是，回春科进行的咨询毫无疑问是地地道道的医疗行为。

阳痿会导致男人肉体上和精神上的自卑，甚至会影响健康。咨询的目的是为了让这些男性重新站起来，所以，获取相应的报酬也是正当的权利。

于是，气乐堂决定一次门诊收费五千元。

说实话，他也不知道这费用是高还是低。

但可以肯定的是，与其他诊疗费相比，这实在是太便宜了。

因为只有这种治疗，必须是医生和患者一对一的谈话。

再加上，在这种治疗中，完全不需要拍片子，或者其他各种检查等。

所需要的只是亲切的谈话。

长此以往的话，医院就无法运营，赤字会不断增加。

但是，气乐堂想要尽可能地继续下去。

护士们不理解，女会计也叨叨“为什么要治疗这样的患者”，然而，气乐堂并不想作罢。

理由只有一个，就是要拯救性无能的患者。这个理由就足够了。

事实上，迄今为止的患者中，已经有几个人看到了希望。

其中一个男性是和妻子，另一个男性是和女友之间产生了非常亲密的关系，从而增强了自信。

这是多么了不起的成果啊。

这正是学习气乐堂方式获得的效果。

气乐堂再次望着医院挂出的回春科的牌子，暗自认可。

现在，气乐堂自己已经从沮丧状态中振作起来了。

当然，性无能依然无法改变，但是，他已经能够将不利因素转换为有利因素，使自己处于比之前更好的状态了。

知道了他的这些转变的话，男人们都会羡慕死的。

大家肯定会感到不可思议，他到底是怎样实现这一状态的？

对，这全都是殿村夫人和枫千裕以及有贺律师的功劳。

她们用各自的方式帮助了气乐堂，使他逐渐有了自信。

尽管她们三个人并没有拉起手来，互相通气。

是气乐堂与她们每个人的关系，使他收获了勇气和自信。

首先是殿村夫人，气乐堂对她坦白了这件事，清楚地告诉她已经不能进行性行为了。

在告白之后，和她相拥在一起，气乐堂通过实施自己发明的性爱方式，让她获得了极大的满足，并且达到了高潮。

从气乐堂的角度看，她对此很满意。

还有枫千裕，她似乎也意识到气乐堂失去了性能力，但并没有表现出特别的不适应。

性爱的欢悦不但与过去无异，甚至有时候比过去还强烈，她对此也很理解，很满足。

还有有贺律师，她是在气乐堂陷入性无能之后才开始和他交往的女性。

按说，男人在这种状态下，是不会再去追求女性的。

然而，有贺律师的情况有所不同。

气乐堂第一次见到她就喜欢上了她，非常渴望和她相亲相爱、坠入爱河。

因此，他明知自己是性无能，也要挑战一下。

有贺律师不像其他两位女性那样，她的身上没有任何曾经与他相爱过的印记。

岂止是没有，气乐堂完全是从零开始挑战的，没想到，竟然出乎意料地大获成功。

在气乐堂眼里，她表现出的快乐之强烈程度，比起另外二人有过之而无不及。

还有一种气乐堂想要治疗的情况是：年轻人的阳痿。

一般来说，这种情况以五十岁以下的男人为对象，和老年性阳痿的发生原因全然不同。

气乐堂得的阳痿是随着年纪增长，勃起能力衰退导致的性无能，也可以说是真性的阳痿。

但是，年轻人的阳痿是本来有着勃起能力，但因为丧失了自信或心里有困惑及不安而产生的勃起障碍。

那么，这种勃起障碍的男性大约占多大的比例呢？

更重要的是，这类患者到底属于哪个科呢？

他以为属于泌尿科或是精神科，可是翻遍所有的医学书，里面都没有任何治疗记载，这种症状完全被忽略了。

也就是说，这类患者一直被排除在治疗范围之外。

在如此现代化的医疗时代，这难道不是一个巨大的空白吗？

气乐堂感到非常意外和震惊，可是，现在患者来看病的话，自己该怎样面对他们呢？

总之，由于没有“阳痿学”之类的学术研究，所以气乐堂只能自己直接接触患者，根据每个人的具体情况，进行指导了。

话虽如此，但气乐堂做的仍然是一件不得了的事情。就连他自己也在为此而惊讶万分之际，有一天他接待了这样一位患者。

这个男人四十二岁，一看就是位高级白领，他从二十多岁开始就烦恼于性功能障碍。由于这个原因，他至今没有结婚。

气乐堂大致检查了一下他的 penis，看外观没有任何异常，便询问他有什么导致阳痿的直接原因。

患者依然垂着眼睛，轻声说道：“有个女人一看到我的那个……”说到这儿，他又不说话了，气乐堂催促道：“有什么话都说出来吧。”

于是，患者费力地说：“她说：‘真可爱啊。’”

男人又沉默了。

气乐堂又问中年男子：“你和那个女人不是夫妻吧？”

“那时候我才二十三岁。”

“那个女人多大？”

“比我大八岁……”

“那么，就是三十一二岁了？”

就是说，他在比现在年轻得多的时候，和比自己大八岁的女性发生了性关系。

当时，年长的女性看到他的 penis，随口说了一句“真可爱啊”。

“结果就不行了？”

男子很信任气乐堂，坦率地点了点头。

“是不是觉得自己被她轻视了？”

当时这个男人的心理变化是问题的关键。

“把心里话照直说出来吧。”

“我觉得她是嫌我的小……”

也是，他的心情不难理解。

“说不定她真是觉得很可爱呢。”

“可是……”男子抬起头来，立刻又低下了头，“说完，她还笑了。”

“笑了？”

男子很不好意思地点点头。

看到男人的 penis，女性发笑的话，的确比较要命。

说来说去，penis 是男性最重要的东西，夸张点说，它就是男人的命根子。

女人却说那个地方“真可爱啊”，而且还笑嘻嘻，当然会伤害男人的自尊心。

那个女人并没有什么恶意，只是因为觉得太可爱了，才笑出来的，但是对于男人来说，这会让他丧失自信。

“从那以后，性关系方面情况如何？”

男人缓缓地摇了摇头。

“和其他女人也是这样？”

见男人微微点点头，气乐堂断然告诉他：

“不要紧的，你的 penis 没有问题，会有力地勃起的，不用担心。”

对于面前这个男人，最重要的就是让他树立起信心来。

自己的 penis 和别人一样正常，有着不输给其他男人的强大能力。

要首先这样想，并深信不疑。

谁能想到，只是因为女人说了一句“真可爱啊”，还发笑，男人就起不来了。

可见，男人，或者说是 penis，是多么纯真而敏感啊。

当然也希望女人能够注意这方面的问题。

因为你的一句话，应该说，因为女人的一句话，可以让男人活，也可以让男人死。

即便这么说，也很难让女性明白这一点。性爱达人另当别论，对于不是那么熟悉性爱的女性来说，就有点强求了。

“总之，今后……”

气乐堂再次看着男子的 penis 说道：

“下次最好找一个年轻的，没有多少性经验的女性。”

那样的女性，不会看到男人的 penis，信口说什么“真可爱啊”之类的话。

最好是不让对方看 penis，直接就交合。

此时，要相信自己没有问题，绝对会勃起的。

对方越是对性交没有体验，越是忐忑不安越好。

这样的女性能够让男人产生信心，变得强大起来。

当然，也要考虑到让女人感到舒服、愉悦，等等。

但首先要坚信自己没有问题。

“你的 penis 不是不行，只是你认定它不行，是你这样的退缩心态导致 penis 不举的。”

男人点点头，气乐堂给他开了药。

“给你开点药。在和女人发生关系之前，服三片左右。”

气乐堂开的药是伟哥，服用了这种药，男人会增强自信的。

“不用担心。”气乐堂再次语气坚定地说道。跟男人紧紧握了握手。

还有一个来看阳痿的三十六岁的男人，身高有一米七五。

他大学时曾经是橄榄球队的队员，现在在某商贸公司就职。

这样体格健壮的男性居然阳痿，看外表令人无法相信，但是他说从二十五岁起就起不来了。

“为什么会这样？”气乐堂问道。他回答说以前经常手淫。但是，二十五岁时喜欢上了一个女人，还发生了性关系。

当时，他跃跃欲试，自信满满的，结果却非常悲惨。

因为，在进行性行为时，他太急于求成了。

她刚一脱掉内衣，他便要进入女人的身体，女人一个劲儿地喊“疼”“停下”，他只好抽身出来。

即便是这样，他还想再次尝试进入，对方仍然喊“疼”，不接纳他。

就这样，两个人发生了争执，到最后也没能够成功，那天就那么分了手。

后来，他多次想跟她做爱，但都没有成功，因为每次她都拒绝他：“如果你要发生关系，我就不见你了。”

这个男人很喜欢她，因此受的打击也很大，一直没有再发生关系。后来他认识了别的女人，发展到了做爱的阶段，可是就在那个时候，女人说“你要温柔一点儿”。就在他想要这样做的时候，关键的 penis 突然打了蔫儿，起不来了。

从那以后，他又和两个女人交往过，可是每到发生关系的时候，一想到对方又会说“很疼”“不要”等，自己的东西就软下来，不顶用了。

“那么，现在呢？”

“我觉得自己已经不行了……”

没想到这么有男人味儿的人竟然在这方面不行。气乐堂不知该是遗憾还是可惜，真是没有比性爱更复杂的事情了。

他再次认识到，年轻人的性功能障碍治疗起来很有难度。

因为绝大多数都是在他们和女性发生关系时发生的。

实际上，上一个事例，就是因为女性说了一句“真可爱啊”而且还笑了出来，因此而失去信心，变成阳痿的。所以最好的办法就是，尽量接触那些看了他的 penis 后，不会说此类话，而是发出惊叹，甚至感到畏惧的女性。

总之，让他体验与导致阳痿的状况相反的事情。

可是，在现实中，这样做的话，从人道的角度来说是不允许的，有时候还可能被说成是卖春行为。

说来说去，现在气乐堂能够做的，只是对他们说：“它没有一点儿问题。你根本不是阳痿。这是很棒的 penis，所以要有自信啊。”

只是这样说说就能够治好吗？气乐堂也没有把握。

不过，他毕竟见过各种各样的患者，已经积累了一些经验。他这样有经验的医生可以断然告诉对方“没有问题”。

现在只有相信自己这个方法，尽量鼓励他们了。

不过，气乐堂也是刚刚知道，即便同样是阳痿，也有着各种各样的情况。

比如说，来看病的患者有三十岁、四十岁，甚至还有五十岁得了阳痿的男人。

如果扩展到五十岁、六十岁这个范围，人数还会增加不少的。

可是，治疗范围扩展到这么大，是不是合适呢？气乐堂自己也不知道。

确切地说，五十岁到六十岁时的阳痿，大概可以说是“中老年阳痿”。

这些病例中有的是完全的阳痿，有的是渐渐衰弱，有时候不举。

而且这些阳痿患者的共同特征是已经在使用伟哥或其他壮阳药了。

他们说，吃了药之后，还是不能够顺利勃起，无法和女人做。

对这类患者该怎么治疗呢？

气乐堂认为首先要让他们拥有自信。

让他们对自己说：“我一定行。没有问题。”

如果这样说没有用的话，就要寻找能够让他们建立信心的女性。

有人会说：“那样的女人，去哪里找啊？”

此时气乐堂脑子里浮现出来的，是曾经被划为红灯区的娱乐街。

那里有性交老手，对待男人的经验非常丰富。

对于因为阳痿而没有自信的男人，她们会说：“你的家伙，真够棒的呀。个儿真大啊。”这些让男人高兴的话，会激发他们的自信心。

发生关系之后，她们还会做出很满足的表情说：“真舒服啊。”

治愈男人的阳痿，给予他们自信，莫过于用这个方法了。

可是现在，这样会说话的女性似乎见不到了。

男人面对的全都是生手，由于没有了这些冶游，让男人强大的女性也就消失了。

“或许没有了红灯区，男人的阳痿也因此而增多了。”

气乐堂这样想，可是，现在也不可能说“恢复红灯区吧”之类的话。

现在，只能靠气乐堂那样的有经验的医生，鼓励他们说：“不要紧的。肯定会勃起的。”

如果是这样的话，我不就成了卖春女了吗？气乐堂不禁嘀咕道，还苦笑起来。可是，转念一想，现在就需要发挥这样作用的女人。

“但是……”气乐堂又思考起来。

现在气乐堂周围最多见的是老年性功能障碍。他们即使过了七十岁，也渴望享受性快乐，然而他们却属于完全勃起障碍。

像五十岁或六十岁的男性那样，有时候觉得不行，但有时候可以起来。不对，应该说是觉得起来了，实际上那地方却没有起来。对于七十岁的男人来说，这样含含糊糊的时期已经成为过去，已经根本起不来了。

在这种状态下，他们依然向往性爱。

满足这些男性需求的方法，气乐堂最近刚刚钻研出来。

他想要把这个方法告诉他们，教授给他们。

“喂，诸位，虽说已经没有性能力了，也不必悲伤叹息。”

老年性功能障碍不像中年男性那样，一会儿行一会儿不行，总是让人提心吊胆的。

他们已经可以完全放弃penis，然后专心致志地去让女性快乐了。

对了，也可以把这个方法教授给那些六十岁的男性。

让他们抛开那个不靠谱的、叫人揪心的penis，就当自己原本就是性无能，去和女性交往。

“啊，原来你是使用这么绝妙的方法，让我快乐的啊。”

女性这样赞叹着，紧紧依偎着男性。

五六十岁的中老年性功能障碍者，应该改用我这个方法了。

这样一来，男人女人都能够得到充分的满足。

“千万不要慌张，慢慢来，不行就不行了，明白吗？”

可是，现在对那些陷入性功能障碍的男人这么嘱咐，也实在是令人啼笑皆非。

不过，这些男人与因为上年纪而变成阳痿的情况有所不同。

本来好好的男人，却遭到对方拒绝，屡次受挫，渐渐地就患上了性功能障碍，即所谓假性阳痿的情况。

气乐堂对这样的男人说：

“你没有问题。平静地等待一段时间，一定会治好的。放心好了。”

男子轻轻地点点头，提上了裤子。

穿好裤子后，这个男子立刻变成了一个潇洒的青年。气乐堂觉得很有趣，也很不可思议。

第十五章　再爱一次

临近年底的十二月中旬，有贺律师打来电话，想请气乐堂吃饭。

“可以的话，一起吃饭，好吗？”

气乐堂很少接到女性的邀请，他大声回答：

“哎呀，太高兴了。这合适吗？”

“上次在京都，您请我吃了饭啊……”

“这点事不要放在心上。”

带她去京都旅游，请她吃饭，都是为了能够和她成就好事。

由于心愿达成，自己非常满足，而她还请自己吃饭，气乐堂真是高兴极了。

两人很快确定了日期，三天后，气乐堂去了她的律师事务所。

下午六点，事务所里还有其他的女职员，有贺律师也满不在乎地和他一起出去了。

她带他去的地方是靠近惠比寿的东三丁目的“初花”。

“这个店的主打菜是牛排，您爱吃吗？”

“当然，很爱吃。”

走进牛排店的包厢，两人并排坐在里面，周围很安静。

“你经常来这里吗？”

“不常来。”

拼盘和汤以及海胆竹叶卷很快上了桌，沙朗牛排烤好之后，分盛在两个盘子里，端了上来。

“烤得很不错。”

吃了一口刚刚烤好的牛排，气乐堂慢慢地点点头说。

“下次，让我来请客。”

气乐堂希望以此为契机，更加频繁地和她一起吃饭。

吃着可口的牛肉，喝着红酒，气乐堂心情大好，于是，信口问道：

“你家就在附近吧？”

她点了点头，气乐堂进一步要求：“我想去你那儿看看。”

她吃了一惊，轻声道：“房间很小的。”

“那有什么关系。”

她住在麻布，从牛排店打车也就十分钟的路程。

在稍稍高于马路的高台上，有一座七八层的公寓。

沿着公寓第七层的右侧走廊往前走，就到了她的房间。

到现在为止，气乐堂和好几个女人交往过，但到女人的住处来还是头一回。

“请吧……”她说道。于是，气乐堂仿佛被带入一个秘密接头点一般走进去，穿过入口的小走廊，是个很开阔的房间。

墙上和地板上都是淡淡的灰色，很明亮，正中央摆着一套沙发，在玻璃茶几上，放着一瓶红色的花。

“很漂亮啊。”这哪里像是家，简直就像饭店的客房一样。

“不错啊……”

气乐堂再次环顾一圈，隔壁是书房，再往里应该是卧室了。

有贺律师递上了咖啡，说了句“请吧”。桌子上摆着微微倾斜着的玻璃花瓶，像是巴卡拉水晶的。

房间里的陈设都是按照她的喜好选择的吧。气乐堂正看得入迷，她坐在他的旁边，说道：“房间很小吧？”

“不小，不小……”

对于单身女性来说，已经很宽敞了。

“很宽敞，很漂亮。”

气乐堂的房间也很整洁舒适，但这个房间不仅整洁舒适，而且更亮丽些。

他在沙发上坐了一会儿，不知怎么又站了起来。

左手边是窗户，外面好像有露台。

气乐堂不知为什么，很想去露台看看。

从那里应该也可以看到无数灯光吧，就像在自己家露台看到的那样。

他想要望着那些灯光，拥抱有贺小姐。

“那个，有露台吧？”

“有……”

“出去一下可以吗？”

气乐堂一问，有贺律师立刻拿来了拖鞋。

他穿上拖鞋，走进露台，看见满天繁星在闪烁。

“真美啊。”

这里感觉比自己家的公寓要幽静，因此，星光也显得更加明亮。

“真不错啊……”

气乐堂一边感叹一边点头，有贺律师站在他身边。

被她身上飘来的香气所吸引，气乐堂贴近她，一把抱住了她。

“啊……”有贺律师好像吓了一跳。但是气乐堂仍然紧紧搂住她，吻住了她的嘴唇。

他在心里说了一声“我喜欢你”，然后更加靠近她，清晰地告诉她："我喜欢你……"

她也倚靠在气乐堂身上，来回应他。

"我决不会放开你。"

终于，有贺律师清楚地说出："我也是……"

"好啊……"

气乐堂对自己用力地点了点头。

即便是性无能，也没有什么可发愁的，这反而会成为受女性欢迎的契机。

此时此刻，气乐堂真想对大家喊：

"丧失了自信的男人们，都到我这里来吧。

"在这里，只要按照我说的去做，你们就能够找回自信。

"与此同时，一直不抱希望的对女性的爱、对妻子的爱也会复苏的。"

没错，爱会再一次获得的。

气乐堂紧紧抱住有贺小姐，抬头眺望夜空。

"你看，"气乐堂说，稍稍放开了抱着有贺律师的手，仰望夜空，"那些星星都在闪个不停。"

他们眺望了一会儿夜空，气乐堂又指着远处星星点点的万家灯火，对她说：

"你看，有那么多的人在那里生活、相爱呢。"

有贺律师听了，用力地点点头。

"好啊，那就再爱一次吧！"

"再爱一次？这个词太美了。"

两个人紧紧相拥，任凭夜风吹拂，感受着他们的爱一点点沁入彼此的身心，慢慢地融化着。

译后记

爱无止境

日本著名作家渡边淳一，于七十九岁高龄推出最新作品《再爱一次》（幻冬舍 2013 年 6 月 28 日发行），直面少有作家触及的老年性无能这一人们忌讳的话题，引发了新的热议，也开辟了渡边文学的新纪元。

1998 年翻译《失乐园》时，我有幸与渡边淳一的作品结缘，陆续翻译了多部渡边的作品，借此机会谈一谈对渡边文学创作的陋识浅见。

六十载文学探索历程

首先回顾一下渡边淳一的创作历程。概括地说，渡边的文学之路起步于 20 世纪 50 年代（渡边二十一岁时）。1965 年，他以小说《死亡化妆》（获日本第十二届新潮同人奖，又译《死化妆》）正式登上日本文坛。半个多世纪来，渡边淳一笔耕不辍，甚至到晚年患上绝症后，依然没有停止写作，又为读者奉献了更多优秀作品。

迄今为止，渡边淳一共发表了一百六十多部作品，其中包括五十余部长篇小说，约三十部中短篇小说，大量的随笔集、散文集、传记、对谈集，以及少量的医学专著等。他的文学作品从题材上说可分为医学小说（如《光与影》《雪舞》《美丽的白骨》等）、言情小说（如《一片雪》《失乐园》《再爱一次》）、医学加言情小说（又称医情小说，如《无影灯》《红花》）、历史小说（如《天上红莲》）、自传体小说（如《何处是归程》《魂归阿寒》）、人物传记体小说（如《花葬》）、日记体小说（《紫阳花日记》）等类别。代表性的随笔有《男人这东西》《钝感力》《欲情课》等。

20世纪60年代末，渡边淳一弃医从文，其前期作品从医学角度创作纯文学作品，紧扣生与死的主题，描写人物坎坷的命运，这一时期，他还创作了一些传记形式的历史小说。然而，尽管渡边的医学小说和历史小说已经写得炉火纯青，却一直反响平平。

20世纪70年代，渡边的写作开始涉及男女情爱，尤其是婚外情方面的题材，向大众文学转型，逐渐被人们关注。连续出版了《紫丁香冷的街道》（1971）、《秋寒》（1974）、《深夜起航》（1976）、《化妆》（1982）等作品，虽说这些作品中涉及了不伦之恋，但都是以青年男女的爱情或男人的婚外情为主题，而且几乎没有什么性描写。

到20世纪80年代，渡边打算挑战已婚男女的婚外情题材。“男人和女人之间的爱情固然重要，但我的主要意图是想突出男人的性和女人的性之间的关系以及各自的特征。”于是便诞生了《一片雪》（1983）。在这部作品中，渡边第一次从生理角度，特别是性心理层面深入观察和解剖性与爱、肉体与精神之间的关联，同时强调肉体因素在爱情中所起的不可忽视的作用。《一片雪》由此成为渡边式情爱文学的里程碑。《一片雪》这个题目寓意热烈的男女情爱犹如渐渐消融的雪花一般，狂热的激情过后，余下的只是虚无。京都的舞台、伤感的描绘、海外旅行、性爱的渲染等元素，使得这部作品引发了极大的关注，随着小说的畅销，“雪花族”作为描写婚外情文学的代名词，成为了流行语。获得赞美的同时，谩骂也随之铺天盖地而来，渡边的文学作品及他本人都受到了媒体和人们的极大关注。

之后渡边淳一便一发而不可收拾，连续创作了《化身》（1986，登上年度畅销榜首）、《为何不分手》（1987）、《樱花树下》（1989）、《泡沫》（1990）等大量出现性爱场景的婚外情作品。

这些作品，以不尽相同的情节，从不同的侧面，深入探讨爱的欢悦与虚无、理智与情感、情感与伦理、家庭与爱情的悖论等主题。

《最后的爱恋》（1984，又译作《爱如是》）、《为何不分手》（1987）、《紫阳花日记》（2007）则重点描写了同床异梦的夫妻，彼此戴着假面，是如何智慧地维持婚姻形式在一起生活的。这几部作品主要在探讨婚姻与情爱的关系。

从《一片雪》到《泡沫》为止的婚外情描写，最终都是“无言的结局”，出轨的男人和女人或是回归家庭，或是天各一方，最终都没有生活在一起。如果设定他们生活在一起，便意味着回到世俗生活，激情会再一次陷入平淡。渡边很想知道“超越了常识范畴这一极限之后，（他们的爱情）会怎么样，因此想再向前跨进一步”“必须写更深刻的性爱，作为这些作品的拓延，开始写《失乐园》”。

20 世纪 90 年代，渡边淳一写出了他的巅峰之作《失乐园》（1997），主人公双双为爱而死，震撼了世人的心灵。渡边因此真正确立了其在日本文坛无可动摇的大家地位。之后发表的《瞬间》（1999）描写为爱而死的女性，《爱的流放地》（2006）里的男主人公为了心爱的女人而不惜承担杀人的罪名去坐牢，这些死亡结局的至爱大作将渡边式情爱文学理念定格在渡边式的“爱的极致是死亡”上，《失乐园》作为渡边文学的代名词而广为人知，对读者产生了深远的影响。

渡边淳一被人们称为“情爱文学大师”，渡边淳一文学的独特魅力，获得了世人瞩目。他在海内外有广泛的读者，盛名卓著，但与此同时，他的作品也每每引发争议，备受毁誉褒贬。

到了渡边文学创作历程的后期，即2000年以后，一直专注描写中年人情爱的渡边淳一，随着自身年龄的增长，将目光转向了中老年人的恋情。相对于描写中年人的情感纠葛，特别是陷入不伦之爱的男女主人公不惜付出生命代价去追求那刹那即是永恒的真实来，关注老年人的性爱，以及如何让性能力衰退的老年人仍然能徜徉爱河，是更加严峻也更有意义的课题。

这十年来，年届古稀的渡边陆续发表了以老年公寓为背景的《复乐园》(2003)，反映男人退休后感情生活寂寥的《孤舟》(2010)，讴歌白河法皇与璋子公主忘年恋的力作《天上红莲》(2011)，以及这部针对七十岁以上的老年人性爱问题的《再爱一次》。

与其创作中期对男女情爱的探索一样，渡边文学创作后期的每一部作品，也是一步一个脚印地在发掘他人不曾涉猎的新领域，这几部作品都浸透了作者对老年人感情生活的殷殷关爱之情。他在如此高龄的情况下仍保持着旺盛的创作力，不能不令人肃然起敬。

《再爱一次》——关注老年人的爱与性

以老年人为主人公的《复乐园》(又译《那又怎么样》)，围绕住在老年公寓里的七十岁左右的老年男女的感情生活展开，他们互相寻求慰藉以摆脱孤独。在每一个令人捧腹的幽默故事背后，都隐藏着老人们深深的寂寞。虽然描写了一群有钱有闲的老年人，整天吃喝玩乐，悠然度日，未免有脱离现实之嫌，但毕竟为风烛残年的老人们描绘了一幅可资安慰的美好图景。

时隔七年后的《孤舟》，渡边再次将目光投向了六十岁上下的退休男人。作者特意用“孤独地漂泊在茫茫大海上的一叶小舟”来比喻刚刚退休、陷入孤寂的中年男人以及情感无所寄托的老年人，十分生动形象。作者还亲自将这样的群体命名为“孤舟族”，“孤舟族”一词借此成为日本2010年新造语。这部作品发表后，日本媒体认为“一直描写非现实生活，直到极致的《失乐园》的作者，凭借《孤舟》实现华丽转身。”

《孤舟》里的主人公大谷威一郎由退休前呼风唤雨的董事变成了无人搭理的大叔，加之与家人的疏离，更加剧了他心理的落差。他看似吃喝不愁，悠闲度日，内心却孤独寂寞，无处排遣。他又不想在别人面前表现出这种失落，于是变得愈加不知所措，以至于不得不从爱犬身上寻求精神慰藉。尽管他与异性有交往，但获得的慰藉也很有限。在这部作品中，渡边淳一并没有真正涉及老年人的性爱问题。

次年，患上绝症的渡边又推出了《天上红莲》。该作品是对乱伦之恋的大胆探索，同时也是作者第一部将历史小说与情爱小说相融合的作品。《天上红莲》不但题目十分唯美，内容上也给读者展示了一幅绚烂多姿的古代王朝的情爱历史画卷。为了采风，渡边淳一不顾古稀高龄，去熊野古道寻访古迹，其对艺术的执着可见一斑。这部作品里对年龄差距很大的情侣之间的性爱问题虽有所触及，但并非正面探讨老年人性爱的主题之作。

时隔一年，2013年6月，年近八旬的渡边淳一，以缠绵病榻之身，又推出了这部挑战自我的《再爱一次》，这部作品以其自身体验为素材，对七十岁以上的老年人的性爱问题做了大胆而深入的探索。从内容的充实程度可以看出作者倾注了大量的精力和心血。《再爱一次》寓意再次获得爱的能量，让爱重生。在渡边淳一将近一甲子的创作生涯中，这部作品宛如灿烂的生命夕阳，放射出夺目而温暖的光辉。

《再爱一次》描写了主人公——七十三岁的整形外科医生国分隆一郎，在遭遇性能力衰退后的心路历程与再次获得爱的力量的真实体验。妻子过世几年后，隆一郎正渴望开始自己的第二春之际，却陷入了无法治愈的老年性勃起障碍，仿佛一下子被打入了万劫不复的深渊。“万念俱灰，难道是让自己平静地度过余生的神的旨意吗？”此时，在绝望孤独的主人公面前，出现了一位酷似亡妻的优雅的女律师。经过对这一生理变化不相信、不甘心的痛苦挣扎之后，隆一郎逐渐能够坦然接受、并重新振作起来，且还发明了“气乐堂方式”，获得了新的爱情。关于创作的初衷，2013 年 7 月 3 日，渡边淳一在接受《wide！scramble》杂志的采访时坦言：“大约三年前开始，我已经没有性能力了，内心曾受到巨大的打击。但作家的本能又驱使我把自己身体和心理的变化写下来。这种题材是令人羞耻的，大家都闭口不谈，想把这种问题摊开讲需要相当大的勇气和觉悟。我不得不考虑作为男人该如何继续生活下去，因为尽管我没有了性能力，但我对女性并没有丧失兴趣。我经历的这种失落，以及从失落中振作起来的重生，都让我强烈地想写成一部新作品。”

他把这部作品称为“从没有人写过的”的自信之作。自曝隐私，希望能够唤起人们对讳莫如深的老年性无能的关注。他想通过此作公开告诉世人“变成性无能的男人该怎样去爱女人”以及应该如何坦然面对现实，寻找全新的生活方式，充实地度过晚年。

在《再爱一次》里，渡边一贯推崇的“炽热燃烧的爱”似乎打了折扣，因为作为男性的标志已经丧失了能力。他认为，男人的性爱只限于从成熟后到五六十岁之间。换言之，男人在六十岁以后便会丧失性机能。一般人认为从此以后就与性爱无缘了，但是在这部作品里，他发出了振聋发聩的声音——“即便丧失了性能力，我仍然是男人”“我要永远追求女人”，这是何等强烈的生命欲求！这个旗帜鲜明的宣言本身，已充分展示了作者不甘就此安度晚年，要让只有一次的生命更多姿多彩的渴望。可以说，这个宣言是另一种意义上的为爱再一次燃烧。

谈及作品主题，渡边淳一说："很多人以为情爱只是青年人的事，其实老年人对爱情的渴望也很强烈。""正因为失去了一些东西，以前从未有过的强烈爱意才会被唤醒，这就是《再爱一次》的立意所在。"他在《再爱一次》中指出，六十五岁以上男性老人的ED患病率已升至百分之七十，另一方面，百分之八十到百分之九十的男性老人仍有性欲。但老年人的情爱与年轻人的最大的不同点在于男性的阳刚已不复存在，个中的心理转换可谓巨大。探讨肉体对人的精神影响，如何调整心态，积极面对老年，提高生活质量，是渡边进入老年后一直十分关注的问题，这充分体现了渡边文学一贯的人文关怀与美学追求。

日本早已进入了老龄社会，作为日本的近邻——中国，也正在步入老龄社会。关注老年人情爱的社会意义和个体意义已毋庸赘述。由渡边作品诞生的流行语，如孤舟族（《孤舟》的作品名）、白金一代（《优雅地老去》中提出的新造语，将老年人称为白金一代，以区别银发一代等用法）、老活（渡边淳一在《老人这宝贝》里提出的新造语，老活即养老活动）等，以及他在书中提出了广交朋友（主要是女朋友）、写自传、去图书馆、去棋牌室、参加兴趣小组、参加慈善活动、学习插花茶道等充实晚年生活的方法，充分体现了他对老年人情感与生活的关注。

他的随笔《优雅地老去》(2008)、《老人这宝贝》(2012)，《优雅地老去》可以说全面地讲述了老年人如何才能活得更好的问题。

《优雅地老去》中专门谈及了老年人的性爱这个问题，他倡导"Slow Love（慢爱）"这一时尚的说法，即，熟年一代的性行为，最适合慢节奏。性交不能代表性爱的一切，女人是用全部身心来感受性爱的。只有温柔的爱抚与女人的细腻感受相吻合，才能将女性引导到愉悦的高潮，而不慌不忙的慢节奏正可以把老年人的优势发挥得淋漓尽致。尽管精力不济使男人减分不少，但就性行为而言，这非但不是劣势，反而是会加分的优势。因此，随着年龄的增长，男人应该在这一点上越来越有自信。为此，渡边在这部随笔中，特意将老年人称为白金一代。

渡边淳一的情爱文学

对于为什么选择婚外恋题材的问题，渡边如是说：“家庭内部之爱，很难充满激情，要想描写热情奔放的爱，终归还是要采取婚外恋的形式。”

各自与配偶离婚后的爱侣“如果在一起生活，曾经燃烧的激情会渐渐淡漠下去，要想让他们的热情不减，继续突飞猛进，就不得不去写性爱的深奥之处。”

说到渡边情爱文学的特色，可梳理如下：

首先，医生出身的作家渡边，将这一特点发挥得淋漓尽致。

他的作品把医生对人的生理认识与作家对人的心理认知有机地结合起来，尽管题材不同，但始终贯穿了对人的心理、生理、性行为、社会现实等的深刻剖析，使医生的冷静与作家的浪漫天衣无缝地融为一体，对于人性，尤其是对男女性爱探究的纵深程度很少有人可以比肩。

第二，许多作品的内容可以说来自他的一些亲身体验，具有日本私小说的特点。

从他早期的作品到晚期作品，其情节构成与他的亲身经历、切实感受紧密相连。为了艺术追求，他不惜将自己的个人隐私袒露无遗。“我无论怎么说，都算是一个‘私小说家’，我的情爱小说里几乎都是以自己的经历为蓝本。”

自传体小说，像《何处是归程》《魂归阿寒》这样的作品自不必说，《一片雪》《化身》等婚外恋内容的作品，可以说也都有着作者经历的影子。《瞬间》干脆就是作者婚外情经历的真情实录。对此，渡边说过“如果没有生动的体验，就无法表现出生动具体的情节和扣人心弦的感觉，从这个意义上可以说，是我自身的经历促成了这部作品。”“描写对等的关系中的恋情，不能不说与时代的潮流有关系，但激发我创作欲望的还是更加贴近实际的感受，更加贴近私生活的因素。”

第三，渡边的作品总是能够与他的生活共时，与他的年龄同步，因此能够与时代的脉搏息息相通，与社会人生紧密相连。用一句通俗的表达就是很“接地气”，从创作初期直到后期的作品内容，无不如此。

20 世纪 70 年代和 80 年代的日本，随着经济发展达到饱和，女性在各方面地位的增强，婚外情大量出现，渡边的“不伦”作品也应运而生。

20 世纪 90 年代后，日本进入老龄化社会，渡边淳一也关注起老年人的生存状态。比如，《再爱一次》中主人公隆一郎与现年七十九岁的作者属于同一年龄段，同样有着整形外科医生的经历，同样丧失了性能力，等等。

第四，渡边的作品追求人性的真实，追求唯美浪漫的情爱，认为性爱至上。

渡边的小说给读者以美的享受，已有定评。他的作品在表现手法上与日本古典文学一脉相承。婚外恋情侣约会，总是风花雪月相伴，情调格外优美，他们的情爱既优雅含蓄，又狂野放浪，收放自如。并且常常营造出极尽浪漫超脱的氛围，一对有情人沉浸于自然美、女体美、服饰美、性格美、艺术美、美酒美食之中，愈加情深意浓，与不如意而枯燥的家庭生活形成巨大反差，令他们欲罢不能。

更重要的是，渡边的作品中对人性真实的追求。在他的作品中登场的男性主人公里，很难找到道德完美的君子，然而，正是这种不完美，才体现了渡边孜孜以求的毫无矫饰的人性。渡边认为，倘若不能够去描绘饮食男女的真实欲求，就枉为文学家。

第五，渡边的作品具有浓厚的反道德、反传统、超世俗的特点。相对于既追求性爱的愉悦，也强调责任和义务的传统道德观，渡边则强调为了爱的愉悦，不能不舍弃承担道德责任。因此，从这样的男性角度描绘的理想女性，无一不是既温婉端庄又放浪多情的女性，对于情爱的追求本能，让她们的道德感责任感在偷情的紧张感与性爱的快乐面前不堪一击，甚至可以为了所爱的人抛弃生命。

那么，渡边为什么会毕生致力于探索男女情爱呢？应该说与他自身经历所形成的人生观密不可分。青年时代，他的女友突然自杀；中年时期，相爱十多年的情人因不堪忍受病苦投海自杀，让他体味到爱的虚无。外科医生的经历，使他见多了生离死别，感受到人生的无常，同时也发现了对异性的爱有时能够让人忘却生老病死之苦。他认识到爱欲与食欲乃是人之大欲，肉体之爱或可暂时填补人们无助的心灵，尤其是激情四溢的不伦之爱，更是平淡婚姻中无法获得的特别体验。然而家庭是社会和谐的根基，人的欲求必然受到社会伦理的制约，于是，在貌似稳定的家庭关系纱幕下，掩盖的是性的压抑和虚伪，因此，人的爱欲在现实面前举步维艰。而作者正是将现代人的这些困惑、挣扎、欢愉、无奈、孤独、贪求等都曝光于笔端。

渡边以冷峻的观察力，捕捉到了现代人追求自我实现与社会伦理道德的矛盾。他浓墨重彩地描绘已婚男女的婚外情，绝不是肤浅的言情写性，而是为了表现对现代人的生存状态的思考和忧虑，呼吁人们关注精神健康，重视个体生命的需要，回归人类的伊甸园。

对渡边情爱文学的评价与接受

对渡边情爱文学的评价，自然是见仁见智。尽管渡边的情爱理念倡导对人的原初欲望的释放，过多强调性爱的作用，认为爱情无关道德、爱情与婚姻不可共存等，招致了诸多负面评价，但是都无法遮蔽其文学价值的光芒。

他的作品中虽然描写了情欲，却并不龌龊，男女主人公的情爱并非以满足情欲为目的。男主人公虽风流倜傥，却不是玩弄女性的花花公子，而是懂得欣赏女人、爱怜女性的有情人。或可说，堪比多愁善感的光源氏，一生为了追求完美女性，遍尝了与众多女性的悲欢离合。

渡边也同样是通过作品反复表达内心深处对完美女性的期待。“这是人类共有的，并无对错之分”，因此，渡边笔下的女性大都是男人审美意识的折射，是为男人而存在的客体，因而她们大多是同一个模式，无一不是在男人的引导下，从端庄的人妻逐渐变成彻底沉迷性爱、对男人无条件地服从、全身心投入爱情的完美女性。他作品中的女性都是在男人的影响下慢慢变成完全不具备社会、家庭角色，一味贪恋情爱的纯而又纯的毫无功利性的女人。

渡边在随笔《光源氏钟爱的女人们》中，写了十五个女人和一个男人的故事，可以说写尽了多情公子光源氏令人眼花缭乱的风雅恋情。渡边上初二时第一次接触了《源氏物语》，当时感触并不多，二十五岁时再读《源氏物语》，“恍然发现飘溢着王朝的优雅和纤细，蕴涵着深深的物哀情绪。让人有种顿悟的感觉。无论我写什么样的小说，研读《源氏物语》为代表的王朝文学，无疑是在确认自己的‘根’，也拓展了自己的文学视野”“为什么这部小说历经千年，还在现代人的心中挥之不去？理由只有一个，那就是：它把人间永恒不变的真实，特别是男女之间的真情率直地表现了出来。”我们能够理解日本和西方古老的文学作品，是“因为在我们人类身上，有着亘古不变、从未进步的东西，这看似顽固而可悲，但正因为有了这样的执着，人才有别于他物，才称之为人。”（《光源氏钟爱的女人们》的自序）

描写宫廷恋爱故事的《源氏物语》，是在上古时期的审美理念“真实”和“哀”的基础上，形成的日本式的“物之哀”的审美意识。在写实（“真实”）和浪漫的感叹与观照（“物之哀”）的接点上确立了“好色”的美学意识，着力表现种种人之爱欲。紫式部的《源氏物语》的中心思想是菩提即烦恼的境界。烦恼是现实的、写实的，菩提是理想的、浪漫的，而“物哀”存在于这两者的调和之中。渡边对于男女情爱本质的不懈探索，力求从不尽完满的现实生活中去观照和发现人性的真实，为人们描绘出美好的愿景，可以说是与日本好色文学乃至日本传统美学理念“物哀”一脉相承，体现了他对人性、对人生价值的认识和深刻思考。

纵观日本近现代文学，应该说还没有一个作家像渡边淳一这样执着地关注现代社会的不同年龄段、不同性别的普通人的情感生活，还没有一个作家像他这样终生为人们的情感生活解除困惑、指点迷津、大声疾呼的。渡边一生的文学追求，旨在描述出不甘寂寞的人们对个性自由的追求，对虚伪伦理道德的反抗。他笔下的“不伦”的痴男怨女，折射出了现代社会婚姻家庭面临的危机，他的情爱作品畅销不衰，正是表现了人性的本真欲求，特别是中老年人对情爱的激情与渴望，同时也反映了日本文化对性的宽容态度以及近代日本女性经济独立等社会现实。

渡边晚年对老年人性爱的探索，标志着他的文学到达了一个崭新的高度。或许有人会认为作者在鼓吹不伦、老不正经或其他负面的看法——不同的价值观自然会给出不同的答案。但是人的需求的多样性，也决定了文学表现的丰富性。尽可能客观地解读和评价渡边文学的情爱理念，或可更接近其文学实质。

渡边文学最早介绍到中国是在 1984 年，但真正为我国读者熟知，是 1997 年《失乐园》的引进。而后，渡边的作品大量译介到中国，为越来越多的中国读者所认可和接受。

由于种种原因，此类情爱文学的创作与研究在当代中国一直处于缺失的状态，究其原因，恐怕与相对于乡土文学而言的都市文学的薄弱，以及中国文以载道的传统创作理念、性爱文学不登大雅之堂的传统观念根深蒂固有关。无论怎么说，渡边淳一的情爱文学在中国畅销不衰，起到了某种填补空白的作用，可以暂时满足读者的此类需求。作为译者，我期待中国读者能够从中获得美的享受，以及对于人性、爱情的关注与思考，也期待看到渡边淳一先生新的佳作问世，也希望渡边淳一的优秀作品能够更多地翻译成中文，并继续受到中国读者的喜爱。

竺家荣

2013 年 10 月 11 日　于北京

图书在版编目（CIP）数据

再爱一次／（日）渡边淳一著；竺家荣译．—北京 ：北京联合出版公司，2014.1（2014.4 重印）（2014.5 重印）（2014.10 重印）（2015.1 重印）
ISBN 978-7-5502-2053-9

Ⅰ．①再… Ⅱ．①渡… ②竺… Ⅲ．①长篇小说－日本－现代 Ⅳ．①I313.45

中国版本图书馆 CIP 数据核字（2013）第 242721 号

再爱一次
作　　者：渡边淳一
译　　者：竺家荣
责任编辑：王　巍
特约监制：金马洛
特约编辑：黄莉辉　樊广灏
装帧设计：所以设计馆

北京联合出版公司出版
（北京市西城区德外大街 83 号楼 9 层　100088）
北京鹏润伟业印刷有限公司印刷　新华书店经销
字数 162 千字　880 毫米 ×1230 毫米　1/32　6.75 印张
2014 年 1 月第 1 版　2015 年 1 月第 5 次印刷
ISBN 978-7-5502-2053-9
定价：32.80 元

做好书